모지스 할머니

평범한 삶의 행복을 그리다

일러두기

• 인명과 지명은 국립국어원의 외래어 표기법을 따랐다.
• 각 그림에는 제목과 원제, 제작 연도, 제작 방법, 작품 크기(세로×가로cm),
  소장처를 표기했다. 다만 작품 정보가 명확하지 않은 경우에는 기재하지
  않았다.
• 본문의 모든 그림은 캐슬린 킴 변호사를 통해 그랜마 모지스 재단
  ⓒGrandma Moses Properties Co.(GMP)의 정식 절차를 밟아 계약한
  그림들로 저작권법에 의해 보호받는 작품들이다. 무단 전재나 복사를
  금함을 알린다.

GRANDMA MOSES

모지스 할머니
평범한 삶의 행복을 그리다

아트메신저 이소영 지음

홍익출판 미디어그룹

오래된
친구처럼

2016년 한국에서 최초로 '모지스 할머니'를 소개하는 미술 에세이를 쓰고 많은 분들에게 과분한 사랑을 받았다. 책이 출간될 당시 30대 중반이었던 나는 이 책 덕분에 대한민국의 많은 70-80대 독자들이 생겼다. 참 행복한 경험이었다. 아마도 우리 곁에 늦었다고 생각할 때 꿈을 향해 한 걸음씩 다가가는 '모지스 할머니' 같은 분들이 많아서였을 거다. 모지스 할머니처럼 좋아하는 일을 하면서 100세까지 사는 삶을 나 역시 여전히 매일 꿈꾼다.

새롭게 개정판을 출간한다고 하니 감회가 새롭다. 특히 이번 개정판은 국내 최초로 모지스 할머니 재단에서 좋은 해상도의 원화 이미지를 제공해준 고마운 인연을 담고 있다. 누군가가 계속 나의 글과 책에 신경을 써주고 시간을 내어 준다는 것이 얼마나 감사한 일인가. 이 책은 나보다 더 따뜻한 수많은 사람과 관심과 온기 덕분에 다시 태어날 수 있었다. 이 공간을 빌어 캐슬린 킴 변호사님께 감사를 드리며 나의 영원한 모지스 할머니, 정미옥 여사(내 어머니)께도 감사를 전한다.

내가 쓴 과거의 책을 다시 만난다는 것은 옛 연인을 만나는 기분이다. 설레면서도 두렵다. 그런 마음으로 이번 개정판을 꼼꼼하게 읽었다. 그리고 다시 한 번 보이지 않는 곳에서 뒤늦게 묵묵히 뿌리 깊은 꿈을 꾸는 많은 분들에게 내 책이 따뜻한 희망이 되기를 바라는 마음을 품는다.

2022년 5월
이른 여름날의 **이소영**

'모지스 할머니'라는
이름의 폴더

스물셋 겨울이었다. 대학 졸업을 앞둔 나는 졸업에 필요한 영어 성적을 위해 방학 때도 매일 도서관에 갔다. 모두가 함께 공부하는 열람실을 제쳐두고, 내가 늘 찾아간 곳은 1층 구석의 외국 도서 서가였다. 그곳에서 손바닥보다 큰 영어 머리글자가 적힌 화가들의 도록을 무작위로 뽑아 책상 위로 가지고 왔다. 햇살이 좋은 낮에는 봄날의 곰처럼 도록들을 베고 졸았고, 눈이 내리는 날이면 '마르크 샤갈Marc Chagall'의 도록을 들춰보며 감성에 젖기도 했다. 그러던 어느 날 우연히 딸려 온 책 한 권에

눈길이 멈추었다.

《모지스 할머니Grandma Moses》라고 적힌 얇고 낡은 책이었다. 지금 생각해보면 나에게 그 책은 우연을 가장한 운명이었다. 미술사에 깊은 관심도 없는 엉터리 미대생인 나에게 그 책은 할머니가 들려주는 따뜻한 전래동화 같았다. 꼬리에 꼬리를 물고 질문을 하는 아이처럼 나는 책 속에 있는 작은 삽화들에 빠져들었다. 그때부터 내 컴퓨터에는 '그랜마 모지스'라는 이름의 폴더가 있었다. 지금처럼 인터넷이 활성화되지 않아 해외 자료를 찾기 쉽지 않던 시기였지만, 노력 끝에 할머니의 그림을 몇 장 찾아 이미지 파일로 저장해 두었다. 그러고는 습관처럼 봄, 여름, 가을, 겨울 한 해 한 해가 지나갈 때마다 꺼내 봤다. 특히 첫눈이 내리면 할머니의 그림이 어김없이 떠올랐다.

미국의 국민화가로 불리는 그녀의 본명은 안나 메리 로버트슨 모지스Anna Mary Robertson Moses, 1860-1961이다. 그녀는 76세라는 늦은 나이에 처음 그림을 그리기 시작해 세상을 떠난 101세의 나이까지 1,600점의 작품을 남겼다. 그중 250점이 100세 이

모지스 할머니 결혼사진

후에 그린 그림일 정도로 삶의 마지막까지 열정이 대단한 화가
였다. 사실 이 책을 쓰면서, 그리고 쓰고 나서도 나는 매일 고
민했다. 그랜마 모지스라고 소개하는 것이 나을까, 본명을 쓰
는 것이 좋을까 하고 끝없이 내 안에서 많은 질문들이 싸웠다.
하지만 해외의 많은 아티스트를 열람할 수 있는 'MutualArt',
'Art Facts' 또는 'WikiArt'에서도 '그랜마 모지스'를 화가의 정
식 이름으로 사용하고 있기에 이에 따르기로 했다. 모지스 할
머니 역시 자신을 그랜마 모지스로 부르는 데 동의했고, 전 세

계의 많은 사람들 역시 그렇게 인정하고 있기 때문이다. 그랜
마, 즉 '할머니'라는 표현은 우리를 미소 짓게 하는 만국 공용
어일 것이다.

미국 뉴욕 주 그리니치의 가난한 농장에서 태어난 그녀는 10명
중 셋째 딸이었다. 그녀가 살던 1870년대 대부분의 딸들이 그
랬던 것처럼 그녀 역시 12세 때부터 다른 부유한 집의 가정부
로 일해야 했다. 그 집 자녀들과 함께 학교를 다니기도 했지만
14세 이후로는 학교 교육을 받지 못했다. 27세 농장에서 같이
일하던 토머스와 결혼하기 전까지 그녀는 가정부 일을 계속했
다. 결혼한 모지스는 남편과 함께 농장을 임대해 삶의 터전을
가꿔나갔다. 그녀는 낮에는 남편과 함께 일을 했고, 저녁에는
자수를 놓았다. 그녀에게 수놓는 일은 농장 일만큼 많은 시간
을 할애하는 취미였다.

안타깝게도 열 명의 아이 가운데 다섯을 먼저 하늘로 떠나보내
야 했던 그녀에게 자수는 또 다른 친구였다. 하지만 시간이 지
나 그 친구와도 헤어져야 할 때가 왔다. 70대에 관절염이 심해

져 바늘에 실을 꿰기가 어려워진 것이다. 그럼에도 그녀는 좌절해 있지만은 않았다. 곧 다른 취미를 찾았다. 바로 그림이었다. 그녀는 서툴지만 진심을 담아 그림을 그려나갔다. 자신이 살았던 농장의 모습, 마을 사람들의 일상, 마을 풍경을 화폭 곳곳에 채웠다.

> "나는 구석구석 그리는 것을 좋아합니다. 하늘에서부터 산까지, 그다음은 언덕까지, 그다음은 집과 성, 그리고 사람들까지 그리죠."

그렇게 그린 작은 그림들은 마을 프리마켓에 엽서로 내놓거나, 마을의 상점에 걸어놓았다. 사고 싶어 하는 사람이 있다면 2, 3달러 정도의 돈에 팔았다. 어느 날 뉴욕에서 미술품을 거래하는 수집가인 루이스 칼더Louis Calder가 우연히 작은 시골 마을의 약국에서 그녀의 그림을 보고 감동받아 그 작품들을 구입한다. 그리고 얼마 후 큐레이터인 오토 칼리어Otto Kallier가 그녀의 그림을 뉴욕의 전시장에 내놓는다. 결과는 누구도 상상하지도 못할 만큼 놀라웠다. 수많은 뉴욕 사람들이 그녀의 그림에 환호했고 더 보고 싶어 했다. 당시 유행했던 현대미술들이 뿜어내는 충격적인 새로움은 없었지만 오히려 그 점이 그녀의 그림만이 가진 차별성이 되었다. 사람들의 마음을 움직이는 그림이었던 것이다.

그녀의 그림은 크리스마스실이나 카드에 사용되어 더욱 많은 사람들의 마음에 닿았다. 6,000만 장의 그랜마 모지스 크리스마스카드는 금방 동이 났다. 그녀의 100번째 생일을 당시 뉴욕 주지사였던 넬슨 록펠러Nelson A. Rockefeller가 '그랜마 모지스의 날'로 선포할 만큼 그녀의 인기는 대단했다. 이 '국민 할머니'에 대한 미국인들의 애정은 여전해서, 2006년에는 그녀의 작품 〈슈거링 오프Sugaring Off〉가 120만 달러(한화 약 14억 원)에 팔리기도 했다.

내게 있어 그녀는 자신이 보고, 듣고, 겪은 것을 가장 소박하면서도 황홀하게 그려내는 화가다. 빈센트 반 고흐Vincent van Gogh는 "본 것을 기억할 수 있는 사람은 결코 허무하지도 않고, 생각에 목마르지도 않고, 고독하지도 않다"라고 말했다. 고흐의 말을 되새기며 그녀의 그림들을 바라보자면, 그 그림들은 늘 풍요롭다. 독해지고 고독해져야 발전이 있다고 외치는 현대인들에게 복작거리며 사는 삶의 소박함을 동요처럼 들려주고 이웃과 함께 계절을 맞이하는 소란스러움을 정답게 보여준다.

책을 음식에 비유하자면 살짝 맛보아도 될 책도 있고, 꼭꼭 씹어서 소화해야 하는 책도 있고, 시원하게 들이켜야 하는 책도 있다. 그림도 그렇다. 보자마자 속이 시원한 그림이 있고, 계속 되새김질처럼 되씹게 되는 그림이 있고, 잘 소화해서 내 몸 곳곳에 보내고 싶은 그림이 있다. 책처럼 그림도 창작자 인생의 다양한 가치관들이 담겨 있기에 나는 새로운 그림을 볼 때마다 새로운 사람을 사귀는 기분이 든다. 모지스 할머니의 그림을 소개하는 이 책은 그녀하고만 친해지는 과정이 아니라 그녀가 살았던 마을 사람들과도 매일 안부를 묻고 대화를 하는 일이었다. 이제는 내가 만나고 대화한 모지스 할머니와 그녀 곁의 사람들을 보다 많은 사람들에게 소개해줄 차례다.

제1장

특 별 한
하 루 를
기 억 하 다

제2장

마 을 과
사 랑 에
빠 지 다

제3장

모든 축제는
그림이
된다

제4장

세 상 과
그 림 을
나 누 다

오크 나무들The Oaks
1954년, ⓒGrandma Moses Properties Co.(GMP)
그랜마 모지스 재단

특별한 하루를 기억하다

사람들은 늘 내게 늦었다고 말했어요.

하지만 사실 지금이야말로 가장 고마워해야 할 시간이에요.

진정으로 무언가를 추구하는 사람에겐

바로 지금이 인생에서 가장 젊은 때입니다.

무언가를 시작하기에 딱 좋은 때이죠.

큰 눈망울의 소녀,
시시

우리가 늘 '모지스 할머니'라고 부르는 그녀의 원래 이름은 애나 메리 로버트슨 모지스Anna Mary Robertson Moses이다. 그녀는 1860년 9월 7일, 미국 버몬트 주 경계와 가까운 뉴욕 주 그리니치의 가난한 농장에서 10남매 중 셋째로 태어났다. 사람들은 어린 그녀를 '시시Sissy'라고 불렀다. '작은 여자아이'라는 뜻이다. '시시'가 살던 곳은 강과 골짜기를 한눈에 볼 수 있어 경치가 멋진 마을이었다. 또랑또랑하고 커다란 눈의 이 소녀는 호기심이 많았고 매사에 긍정적이었으며, 따뜻함을 잃지 않아 농부인 아버지를 도와 다양한 농사일을 하는 것도 즐거워했

애나 메리 로버트슨 4세 때의 모습

다. 소녀는 할머니가 되어 백한 살이라는 나이로 세상을 떠나는 그 순간까지 농장에서의 일들을 곱씹으며 추억했다. 그녀에게 유년 시절의 기억은 영원히 버릴 수 없는 소중한 동화책과도 같았다.

"나는 농장이 있고 푸른 초원과 야생의 숲이 있는 곳에서 태어났어요. 그곳에서 엄마와 아빠, 형제자매들과 내 생애 첫 10년을 보냈습니다. 나는 매일 엄마를 도왔어요. 여동생의 요람을 흔들어주고, 바느질을 배웠죠. 시간이 날 때면 남동생들과 즐겁게 놀았습니다. 물레방아가 있는 저수지에서 뗏목 놀이를 하고, 숲을 이리저리 돌아다니며 야생화를 꺾어 모았죠. 꿈 같은 시간이었습니다. 정말이지 아무 걱정 없이 행복한 시절이었어요."

시간은 흐르고 우리의 마음과 몸은 변하지만, 변하지 않는 것이 있다면 바로 유년 시절의 기억이다. 우리 각자가 가진 어린 시절의 이야기들은 질 좋은 방부제가 뿌려져 평생토록 마음속에 저장되어 있다. 그녀의 그림은 불광동 작은 골목에서 소독

차가 나타나면 놓칠세라 우르르 달려가던 여덟 살의 나를 떠올리게 한다. 좋은 옷을 입지 않아도, 비싼 음식을 먹지 않아도, 형편이 넉넉하지 않아도 매일 즐거웠던 그때의 날들이 팝업 카드가 되어 불쑥불쑥 튀어나온다.

> "시간이 나면 나는 창밖의 풍경을 관찰합니다. 하지만 그림을 그릴 때면 눈을 감고 추억들을 떠올리죠."

그녀의 그림은 풍경과 친해지는 법을 알려준다. 캔버스 자체가 창문인 〈창밖의 후식 밸리Hoosick Valley From the Window〉는 풍경을 살짝 가린 커튼마저도 꽃밭처럼 느껴진다. 집 앞의 하얀 울타리에서부터 활짝 핀 꽃나무, 유유히 풀을 뜯는 젖소들……. 마을 한편에 흐르는 강까지 순서대로 시선을 옮기다 보면 나도 모르게 큰 눈망울의 소녀 시시가 되어 창밖을 내다보는 것만 같다.

그 시절, 형제가 많은 집안의 셋째 딸에게는 그것이 무엇이든지 간에 기회가 부족했다. 물론 제대로 된 교육을 받기도 힘들

창밖의 후식 밸리|Hoosick Valley From the Window

—

1946년, 나무에 유채, 48×56cm, ⓒGrandma Moses Properties Co.(GMP) 그랜마 모지스 재단

었다. 그녀가 마지막으로 학교를 다녔을 때 그녀의 나이는 열네 살이었다. 열네 번째 생일을 며칠 앞두고 맞은 졸업식에서 남긴 졸업 문구가 공식적으로 알려진 학교생활의 마지막 기록이다. 그녀는 졸업 문구에 이렇게 적었다. '우리 가정이 행복하기를.' 열두 살이 되면서부터 그녀는 근처 농장에서 일을 하기 시작했고, 가사도우미 일을 병행했다. 소녀 모지스는 스케치하는 것을 좋아했지만, 엄마는 그녀에게 여자는 무엇보다 집안일을 잘해야 한다고 당부하고 또 당부했다.

그녀는 훗날 10대 시절 해가 뜰 때부터 질 때까지 온갖 집안일을 했다고 회고했다. 하지만 이것은 그녀의 아버지가 딸에게 돈을 벌어 오기를 강요해서가 아니었고 그녀를 미워해서는 더욱 아니었다. 1870년대 뉴잉글랜드 지역의 자녀가 많은 집, 특히 딸들이 있는 집에서는 특별하지 않은 일이었다. 그 시절을 살았던 딸들의 평범한 직업은 가정부였다. 가족 수가 많은 가정의 재정적인 부담을 도우려면 딸들은 어릴 때부터 살림살이를 배우고 집안일을 잘해야 하는 것이 당연했던 시절이었다. 딸들은 딸이 없는 다른 집으로 가서 그 집의 살림을 도와주었다.

당시 인구조사를 살펴보면 1850년대에는 세 명 중에 한 명꼴로 자녀들이 다른 집에서 가정부로 일했다. 지금의 우리가 직업을 찾으러 사회라는 세상으로 나가듯 그녀 역시 '다른 가정'이라는 새로운 세상으로 나갔던 것이다. 대부분의 딸들은 가정부가 되었고, 아들들은 점원이 되어 자신의 몫을 해냈다. 어린 나이부터 마을 공동체에서 각자 자기 위치를 지키며 성실하게 살았다. 다행히도 소녀 모지스가 가정부로 일하던 곳에서는 그녀를 가족처럼 대해주었고, 그녀가 학교를 잘 마칠 수 있도록 지원해주었다. 어린 시절부터 그녀가 받은 이웃들의 온정은 훗날 그녀가 자신의 그림 속에 마을 사람들을 빼놓지 않고 그려 넣은 것을 보면 미루어 짐작할 수 있다.

오늘 나는 내 인생에서 가장 젊다.

오늘 하루도 무언가를 시작하기에

가장 적절한 날이다.

행복한
유년 시절

모지스 할머니가 어린 시절을 보냈던 마을은 동쪽으로는 그린 산맥이, 서쪽으로는 허드슨 강과 타코닉 언덕이 자리 잡고 있는 곳이었다. 그녀는 이곳에서 행복한 유년 시절을 보냈다. 그녀의 그림 〈잎들이 변할 때When Leaves Turn〉 속에 담긴 이야기를 좇아가 본다. 물레방아가 있는 저수지에서 뗏목 놀이를 할 때면 남동생들과 늘 함께였다는 모지스 할머니의 그림을 살펴보자. 오늘도 물레방아가 돌고 있다. 돌고 돌면서 물의 힘을 이용해 곡식을 찧으며 사람을 대신해 마을의 일손을 도와준다. 어린아이는 엄마 손을 잡고 냇가에 산책을 나왔고, 건너편에는 소달

구지를 탄 목동이 힘든 하루, 고된 길을 잠시 쉬어가고 있다. 마을 전체가 단풍 옷을 갈아입고 가을을 누리고 있다.

도시의 생활이 주는 편안함을 사랑하지만, 때로는 사방이 회색으로 둘러싸여 있는 빌딩촌이 삭막하게 느껴지기도 한다. 그런 날이면 나는 어린 시절부터 청소년이 될 때까지 방학 때마다 머물렀던 시골을 떠올린다. 나이가 들수록 그리워지는 시간은 늘 한결같다. 지리산 산골짜기에 있는 구례에서 지냈던 날들이 가장 그립다.

나는 그녀의 그림을 보면서 봄이면 잠자리를 잡으러 가고, 여름이면 당산나무에 끙끙대며 수박을 안고 올라가 화채를 만들어 먹고, 가을이면 밤 밭에 가서 뾰족한 밤송이를 뒤집어 밤 알갱이를 빼고, 겨울이면 눈 덮인 숲속으로 난초를 캐러 가던 추억들을 순서대로 끄집어낸다. 도시에 살면서 나무 향기가 그리울 때마다 나를 말랑말랑하게 만들어주는 것은 내 안에 담긴 시골에서의 추억들이었다. 모지스 할머니도 그랬을 것이다. 그녀의 그림을 보고 있으면 그녀가 품고 있던 유년 시절의 기억의

잎들이 변할 때When Leaves Turn
—
1943년,
ⓒGrandma Moses
Properties Co.(GMP)
그랜마 모지스 재단

방을 구경하는 것 같다. 그녀가 우리를 아늑한 기억의 방으로 초대한다.

내게 그녀의 그림은 언제나 특별하다. '어디 한번 분석해볼까?' 하고 다가간 마음들을 금세 눈 녹듯 녹여버린다. 어떤 것에 대한 탐구도 아니고, 미적인 심취도 아니다. 그녀는 그저 그 풍경이 좋았던 거다. 모든 풍경을 하나, 하나 원경으로 다 그린 것을 보면 그저 우리에게 다 보여주고 싶었던 거다. 하늘 위를 나는 새처럼 그렇게 마을 전체를 그림에 품고 싶었나 보다.

그래서 그녀의 그림을 넋 놓고 보고 있으면 마치 새가 되어 세상을 보는 기분이다. 저 멀리 뒷동산의 나무까지, 마을로 들어오는 길까지 하늘에서 내려다보는 것처럼 그려졌다. 가까이 있는 것은 안 보인다 하시고 멀리 있는 것만 잘 보시던 우리 할머니 생각이 난다. 바로 코앞만 보면 안 되고 늘 멀리 내다보라던 할머니의 덕담 같은 말을 나는 그녀의 그림에서 자주 듣는다. 그림을 그린 그녀의 마음에 평화와 사랑의 감정이 담겨 있으니, 보는 우리도 그 감정을 전달받는 것이다. 진심은 통한다는 너무

나 당연한 그 말이 그녀의 그림을 볼 때는 가장 확실한 진리처럼 느껴진다.

아침에 눈을 비비며 일어나자마자 닭장으로 달려가, 암탉이 낳은 따뜻한 달걀을 동생들과 앞다투며 서로 꺼내려 하고, 대문을 열고 앞집 할머니네로 뛰어가 아궁이에 나뭇가지를 서로 먼저 넣고 싶어 하던 순간들. 숲을 헤매다가 뱀이 나오면 일자로 걷지 말고 사방으로 뛰자고 약속하던 그 시절, 메뚜기와 방아깨비를 잡으려고 숨도 쉬지 않고 논밭을 누벼놓고는 우연히 다리 하나가 없는 방아깨비를 잡았을 때는 펑펑 울며 잘 가라고 풀어주던 어린 날의 기억들이 그녀의 그림을 보고 있으면 파노라마처럼 펼쳐진다.

같은 기억들을 가슴에 품고 있어도 꺼내는 방법을 모른다거나 잊고 있다면 추억이 아니다. 그녀의 그림은 작은 추억을 소중하게 꺼내어 생각하게 하는 주문이다. 추억 속에서 아름답지 않은 기억은 없다. 그리움도 용도에 맞게 쓰면 삶에 참 필요한 약이 된다. 그것이 사람이건 장소건 그리워하는 것만으로도 오늘

마지막 짐The Last Load
—
1953년, 나무에 템페라,
46×61cm

하루를 잘 보낼 힘이 된다면 족하다. 그래서 사람은 붙들고 살, 보이지 않는 그 무엇인가가 늘 있어야 하는 것이다.

삶에 있어 소중한 것들을 깨닫는 순간은 스마트폰을 바라보고 있을 때도 아니고 컴퓨터 앞에 앉아 있을 때도 아니었다. 자연과 함께할 때였다. 자연 속에서 걷고 노닐 때 느꼈던 감정들을 기억하는 어른으로 살고 싶다. 그래서 도시의 삶이 힘들 때면 모지스 할머니가 그린 풍경 같은 자연으로 다가가 위로받는 삶을 살고 싶다.

누구나 가슴 한편에

어린 시절의 기억을 가지고

살아간다.

소녀가 사랑했던
붉은 체크무늬 벽돌집

모지스 할머니의 그림 속에는 붉은색과 흰색으로 된 체크무늬
의 집이 유독 눈길을 끈다. 그녀가 어린 시절을 보냈던 마을의
랜드마크였던 정류장이다. 낡고 허름한 정류장이었지만 귀여운
무늬를 가진 그 건물은 평생 그녀의 기억에 남아 그림 속에 자
주 등장한다. 비록 1907년 그 건물은 불에 타 사라졌지만 그녀
의 마음속에는 영원히 자리 잡고 있었다. 그녀는 자주 그 벽돌
건물을 이야기했다.

"그 건물은 낡았었어요. 여행길에 머무르는 정류장이었는데,

사람들은 2마일마다 있는 정류장에서 말을 갈아탔었죠."

누구나 가슴 한편에 어린 시절의 기억을 가지고 살아간다. 어른이 되었다고 착각하는 순간 그 시절은 희미해지며, 어른으로 살아가기 힘들다고 생각하는 순간 그 시절의 추억은 불쑥 나타나 또렷해진다. 다가올 듯 멀어지고, 잡힐 듯 잡히지 않는 그 시절을 품고 사는 것만으로도 마음에 든든한 씨앗이 생긴 기분이다. 그녀에게 체크무늬 벽돌집도 마음 밭에 잘 간직한 유년 시절의 씨앗 같은 존재일 것이고, 힘들 때마다 미소 지으며 떠올리는 추억의 장소일 것이다.

어디론가 분주하게 달리는 마차도 보이고, 사람들을 가득 태우고 잠시 멈춘 마차도 보인다. 체크무늬 벽돌집의 1층과 2층에는 누군가를 부르는 사람들이 있고, 정원 손질을 하고 있는 사람도 보인다. 신기한 건 그림을 보자마자 늘 체크무늬 건물로 시선이 쏠린다는 점이다. 당시 마을 사람들의 마음도 늘 이 건물에 쏠리지 않았을까? 어디론가 떠나고 싶은 사람, 어딘가에서 마을로 돌아오는 사람들에게 체크무늬 정류장은 새로운 세상

체크무늬 집Checkered House
—
1943년, 캔버스에 유채,
ⓒGrandma Moses Properties
Co.(GMP) 그랜마 모지스 재단

체크무늬 집Checkered House
—
1942년,
ⓒGrandma Moses Properties
Co.(GMP) 그랜마 모지스 재단

으로 나가는 통로이자 고향으로 돌아오는 문이었을 것이다. 어른이 된 모지스 할머니에게 고향은 정류장 같은 곳이다. 어린 시절 그림을 좋아하지만 물감이 없어 포도즙이나 레몬을 이용해 색을 칠하고 황토로 그림을 그리던 소녀 모지스가 화가 모지스가 되기 위해 지나온 긴 정류장 말이다.

작은 그림 하나에 얼마나 많은 이야기들이 숨어 있는지, 이리로 와 함께 자신의 추억의 시간으로 가보자고, 잊고 지냈던 것들에 대해 함께 떠올려보자고 말한다. 그녀가 어린 시절을 보낸 버몬트 주에 있는 베닝턴 박물관Bennington Museum은 미국에서 그녀의 작품을 가장 많이 소장한 박물관이다. 그녀의 이야기와 작품을 세상에서 가장 오랫동안 기록하고 저장하는 중요한 장소가 된 것이다.

> "사람들은 늘 내게 늦었다고 말했어요. 하지만 사실 지금이야말로 가장 고마워해야 할 시간이에요. 진정으로 무언가를 추구하는 사람에겐 바로 지금이 인생에서 가장 젊은 때입니다. 무언가를 시작하기에 딱 좋은 때이죠."

한 예능 프로그램에서 인기 개그맨이 말했다. 늦었다고 생각할 때 진짜 늦은 것이라고……. 모두가 웃으며 넘겼지만 나는 마음 한편이 불편했다. '그래도 진짜 늦었지만 늦게라도 시작하려 하는 사람들은 어쩌지?' 하는 걱정이 앞섰다. 다들 개그를 개그로 받아들이는데 혼자 또 다큐멘터리처럼 받아들인 것이다. 모지스 할머니의 말에 다시 용기를 내본다. 진정으로 심장이 시키는 일이 있다면, 그 순간이 우리 삶에 있어 가장 젊고 적절한 때라는 그녀의 말을 나는 응원한다. 오늘 나는 내 인생에서 가장 젊다. 그녀의 말 덕분에 나의 오늘 하루도 무언가를 시작하기에 가장 적절한 날이 된다.

링컨을
떠나보내며

대부분의 그림들이 마을 풍경, 마을 사람들, 가사노동이 주제였던 모지스 할머니에게 조금 독특한 그림이 한 점 있다. 바로 〈링컨Lincoln〉이라는 작품이다. 에이브러햄 링컨Abraham Lincoln은 미국의 16대 대통령으로 남북전쟁에서 노예 해방을 주장한 북군을 승리로 이끌어, 미국을 하나로 만들어낸 미국 역사상 가장 위대한 대통령이다. 1865년 4월 링컨 대통령이 암살을 당했을 때, 모지스의 아버지와 그녀가 삼촌이라 불렀던 아버지의 친구들은 링컨의 장례 행렬을 보기 위해 밤새 마차를 타고 알바니로 갔다. 그녀의 아버지는 지금까지 살면서 한 장소에 그렇게 많은 사람들이 모인 것은 처음이었다고 했다. 때로는 어른들의 명백한 슬픔과 고통이 아이들에게 더 잘 전달되기도 한다. 링컨의 죽음이 그랬다. 소녀였던 그녀에게 그날의 기억은 오랫동안 잊을 수 없는 사건이었다. 그녀는 그날을 기억하며 이 그림을 그렸다.

마차 위의 이모는 붉은색 옷을 입은 소녀 모지스를 안고 있다. 모지스의 엄마는 라벤더 색 드레스를 입고 상인과 대화를 하고 있다. 이 장면은 그녀가 기억하는 어릴 적 날들 중 하루이기도 하지만 미국의 역사적 사건의 기록이기도 하다. 케임브리지를 향해 길게 뻗은 길가의 울타리가 검은색 장례 행렬처럼 느껴진다. 아무렇지 않게 흘러가는 하늘의 구름이 야속하기만 하다. 총총히 보이는 흰 집들이 마치 애도하는 조기처럼 보인다.

아무리 개인적일지라도 그림은 화가가 속한 사회를 담고 있다는 것을 우리는 이 그림을 통해 느낄 수 있다. 우리가 알고 있는 역사적인 장면이 모지스 할머니의 기억으로 다시 태어난 것이다.

링컨Lincoln
—
1957년, 나무에 유채, 30×41cm

흰 눈 사이로,
썰매를 타고

가끔은 어린아이 같은 마음으로 돌아가 적극적으로 참여하고 싶은 놀이가 몇 가지 있다. 여름엔 계곡에서의 수영이고 겨울엔 썰매타기다. 시골에서 겨울방학을 보낼 때마다 잊지 않고 만들었던 것이 있는데, 일명 '콩깍지 비료 부대 썰매'이다. 비료가 들어 있던 부대 자루에 마른 콩깍지를 잔뜩 넣어 방석처럼 통통하게 만들었다. 동생들과 하나씩 나눠 들고 눈이 내려 든든히 얼어버린 언덕 꼭대기로 올라가 이 '비료 부대 자루' 썰매를 타고 신나게 내려왔다. 아무리 꽁꽁 언 얼음 언덕도 우리가 만든 핸드메이드 썰매가 있으면 알라딘의 카펫보다 부드럽게 내려올

수 있었다. 땀을 삐질삐질 흘리며 힘겹게 올라가서 3초 만에 내려오는 비효율적이고 이상한 루트였지만, 세상 그 어떤 길보다 신나고 행복했다. 그렇게 신나게 썰매를 타고 내려온 저녁이면 모두 뜨끈한 온돌 바닥에 배를 깔고 방학 숙제 중 최고봉이라는 그림일기를 썼다. 할머니가 저녁을 준비할 동안 네모 칸 안에 썰매를 타는 우리를 그리고 바둑판처럼 되어 있는 공간에 글을 썼다. 서로의 그림이 웃기다며 한참을 킥킥거렸다. 그렇게 오늘 하루도 튼튼하게 보내기를 마친 것이다.

모지스 할머니는 한 인터뷰에서 자신이 가장 좋아하는 색으로 흰색을 꼽았다. 그녀는 흰색이 순수의 색이라고 했다. 그래서인지 그녀의 그림에서 흰색을 찾는 일은 늘 반갑다. 그녀가 어린 시절을 보냈던 북부지역의 겨울은 유난히도 춥고 바람이 매서웠다. 하지만 차가운 겨울도 유쾌하게 보낼 수 있는 방법을 우리는 이미 알고 있다.

그녀의 작품 〈끄는 소년들Pull Boys〉 속으로 들어가보자. 아침에 눈을 뜨니 온 세상이 하얗게 변신해 있었다. 폭신폭신한 눈

끄는 소년들Pull Boys
—
1957년

을 밟으며 신나게 하루를 보내기 위해 어린이들은 너도나도 할 것 없이 썰매를 가지고 나왔다. 단 몇 초를 내려오기 위해 숨이 막히도록 언덕길을 올라간다. 내려오는 동안 어떻게 힘들게 올라갔는지 까맣게 잊고 다시 힘차게 썰매를 타고 내려온다. 친구가 내려오기 전에 서둘러 올라가려고 썰매를 끄는 아이, 멀리서 눈싸움을 하자고 손을 흔들며 부르는 아이……. 이런 놀이에는 가르치는 사람도 없고 비교하는 사람도 없다. 그래서 아이들이 놀이를 좋아하는 것 아닐까. 그저 "신난다! 신난다!" 하고 까르르 웃는 순간이 존재할 뿐이다. 놀이가 흐르는 그림 속 마을 풍경이 명랑하다. 그녀의 또 다른 작품 〈신나는 드라이브 Joy Ride〉에서는 저녁 무렵 눈 내린 마을에서 노는 아이들의 모습을 볼 수 있다. 그녀는 겨울날 뛰노는 아이들의 모습을 그림에 많이 담았는데, 〈오늘은 휴교 No School Today〉에도 즐거워하는 아이들의 모습이 담겨 있다.

미국 스탠퍼드대 의과대학 윌리엄 프라이 William F. Fry 박사의 연구에 따르면 어린이는 하루 평균 삼백 번 정도 웃는다고 한다. 반면에 어른이 되면 열다섯 번 정도로 줄어든단다. 어린이

신나는 드라이브
Joy Ride
—
1953년,
ⓒGrandma Moses
Properties Co.(GMP)
그랜마 모지스 재단

오늘은 휴교No School Today

—

1947년, 메이소나이트에 유채, 60×91cm

와 어른의 웃음 횟수는 그 차이가 스무 배나 나는 것이다. 생각해보면 어린 시절에는 참 별일 없이도 잘 웃을 수 있었다. 낙엽이 굴러가는 것을 보고도 까르르 웃고, 누군가가 단어를 잘못 사용해도 배가 터져라 웃었다. 하지만 세상을 조금씩 알아갈수록 걱정이 늘고 두려움이 늘면서 웃음은 줄었다. 어떤 상황에서도 손해를 따지고 이익을 따지는 나를 발견한다. 내 안에 동심이 어느새 사라져버린 것이다. 어른일수록 상처와 고민이 반복된다. 아니 이제는 고통과 복잡함이 삶 그 자체가 아닐까 하는 생각을 한다. 우리의 삶이 고민과 번뇌라는 명제로부터 자유로워지려면 언제든지 동심 속으로 풍덩 뛰어들 수 있는 어른이 되어야 하지 않을까.

단 몇 초를 내려오기 위해

숨이 막히도록 언덕길을 올라간다.

내려오는 동안 어떻게 힘들게 올라갔는지 까맣게 잊고

다시 힘차게 썰매를 타고 내려온다.

안장 가방Saddle bags
1950년

제 2 장

마을과
사랑에
빠지다

나는 구석구석 그리는 것을 좋아합니다.

하늘에서부터 산까지,

다음은 언덕,

그다음은 집과 성,

그리고 사람들까지 그리죠.

남편과 함께
가꿔나간 농장

스물일곱 살의 그녀는 같은 농장에서 일하던 농부 토머스 모지스Thomas Moses와 결혼한다. 그리고 둘은 버지니아 주의 스탠턴 근처의 농장으로 삶의 터전을 옮긴다. 재건이 이루어지는 남부 지역이 자신들과 같은 처지의 사람들에게는 '기회의 땅'이라는 이야기를 들었기 때문에 한 선택이었다. 〈컨트리 웨딩A Country Wedding〉이라는 그림을 보면 이제 막 새댁이 된 그녀가 떠오른다. 그림 속 신랑 신부는 화려하고 격식을 갖춘 예식장이 아니라 보드라운 잔디 위에서도 충분히 행복하다. 두 사람은 사랑하는 이의 팔을 꼭 잡고, 함께 그려나갈 미래를 이야기하며 특별한 하루를 채워가고 있다. 재미있는 것은 그림 속에 신랑과 신부 이외에도 커플들이 많이 있다는 점이다. 몇 커플이나 그림 속에서 사랑을 약속하는지 세어보는 재미가 쏠쏠하다.

남편 토머스는 다행히도 바로 스탠턴 지역 농장의 소작농 일을 구했다. 그리고 얼마 후 부부는 버지니아 셰넌도어 밸리 근처에서 땅을 빌려 함께 20년간 농장을 일군다. 모지스 할머니는 우아한 경치의 그곳을 사랑했다. 농장 일만으로는 생계를 잇기가 어려워지자 부부는 돈을 모아 소를 구입해 버터를 만들며 생계를 꾸려나갔다. 모지스 할머니는 그곳에서 버터 만들기를 매우 능숙하게 해내는 여인이었다. 별명도 '버터 만들기 챔피언'이었다.

말만 자주 등장하던 그녀의 그림에 낯선 자동차 한 대가 등장한다. 1939년에 그린 〈첫 자동차The First Automobile〉이다. 지역 박람회에서 토마토 통조림을 만들어 일등을 차지한 그녀가 부상으로 새로운 차를 가지게 된 것이다. 무無에서 유有를 만들어낸 그녀의 반짝반짝한 순간들을 나도 함께 기억하고 싶어진다. 모두가 차를 타고 어디론가 가고 있는데, 어쩐지 시선이 어색하

컨트리 웨딩A Country Wedding
—
1951년,
ⓒGrandma Moses
Properties Co.(GMP)
그랜마 모지스 재단

다. 마치 기념사진이라도 찍는 것처럼 시선이 그림을 보고 있는 우리 쪽으로 향해 있다. 쑥스러워하면서도 차를 자랑하고 싶어 하는 마음이 그림에 담겨 있는 듯하다.

화가가 되기 전에도 그녀는 매 순간 열정적인 아내였고 엄마였다. 자신의 삶에 주어지는 것들을 즐겁게 성취했다. 능동적인 삶의 자세도, 긍정적인 마음을 갖는 것도 습관이 될 수 있다. 결국 그 습관이 한 사람 자체의 삶을 구성한다. 그림이란 그녀에게 젊은 날들의 시간과 추억을 정리하는 일이었을 것이다. 그녀는 그림이라는 예술을 자신의 지난날들을 정리하는 데 적극적으로 활용했다. 언제부턴가 그녀의 삶의 한가운데에 그림이 있었다. 그녀가 들려주는 삶의 이야기는 듣고 또 들어도 처음 듣는 것처럼 마음을 흔들어 놓는다.

첫 자동차The First Automobile
—
1939년, 나무에 유채, 23×28cm,
©Grandma Moses Properties Co.(GMP) 그랜마 모지스 재단

그리움으로 남은
농장 생활

〈Our Son〉이라는 작품 제목을 '우리 아들'이라고 읽으니 참 따뜻하다. 늘 내 엉덩이를 두드려주며 '우리 똥강아지'라고 불러주던 엄마의 눈길이 느껴진다. 엉금엉금 기어 다니던 아들이 두 발로 우뚝 서서 땅을 짚고 풀과 나무를 만지는 모습이 엄마 모지스는 얼마나 사랑스러웠을까. 다른 그림들에 비해 크기도 작고 구성도 단조롭지만, 사랑하는 아들을 화면의 중심에 넣은 것만 보아도 절로 미소가 지어지는 그림이다.

그녀의 결혼 생활은 풍족하진 않았지만 행복했다. 행복한 시절

우리 아들Our Son

—

1953년, 나무에 유채, 20×25cm,
ⓒGrandma Moses Properties Co.(GMP) 그랜마 모지스 재단

은 힘든 시절이 오면 감사할 수 있는 기회가 된다. 열 명의 아이들 중 다섯 아이를 하늘로 떠나보내고 남은 다섯 아이 위노나Winona, 휴Hugh, 포러스트Forrest, 로이드Loyd, 애나Anna와 열심히 생활을 하던 부부에게 어느 날 슬픔이 찾아온다. 남편 토머스에게 병이 생긴 것이다. 1905년 토머스는 아내 모지스에게 다시 북부지역으로 돌아가자고 말한다. 아마도 그는 아내의 마음속에 늘 자신이 태어나고 자랐던 농장에 대한 그리움이 있다는 것을 느꼈으리라. 그래서 자신이 세상을 떠나기 전 고향을 그리워하는 그녀를 위해 선물을 하고 싶었던 건지도 모른다. 모지스네 가족은 모지스 할머니의 고향에서 멀지 않은 '이글 브릿지Eagle Bridge'로 이사를 했다. 그들은 마을 근처에 작은 농장을 사서 삶을 이어나갔다. 부부는 자신들의 농장을 '느보 산Mount Nebo'이라고 불렀는데, 모세가 최후를 맞은 성서 속 산을 본따 지은 이름이었다.

"나는 셰넌도어 밸리에 다섯 개의 작은 무덤을 두고 왔습니다."

불행한 일을 겪지 않고 살 수 있는 사람은 없다. 그녀의 인생도

마찬가지였다. 다섯 명의 아이를 먼저 하늘나라로 보낸 그녀의
말이 담담해서 오히려 더 가슴 아프다.

어느 날 우연히 본 TV프로그램에 산에서 꽁꽁 숨어 사는 할
아버지가 나왔다. 진행자가 찾아가 연유를 물어보니 기구한 사
연들을 하나둘 가슴에서 꺼내놓으셨다. 할아버지의 아들은 우
울증이었다. 그는 아들이 우울증에 걸린 것도 모른 채 바삐 살
았다고 한다. 아들은 우울증을 이기지 못해 스스로 목숨을 끊
었고, 할아버지는 아들을 지키지 못한 스스로를 자책했다. 자
기 때문에 죽었다고 평생을 자책하며 아들의 뼛가루를 뿌린 산
에서 오랜 시간 숨어 지냈다. 오로지 아들만 생각하면서 하루
는 자책했다가 또 하루는 아늘 몫까지 더 잘 살아야겠다고 다
짐했다가……. 그런 날들의 연속이었다. 산에 사는 새나 동물이
오면 아들이 온 것 같아서 반갑다고 했다. 할아버지는 바위에도
나무에도 아들의 이름을 붙여 불렀다. 그 산 곳곳에 아들이 있
다고 생각하며 근근이 살고 있는 것이다.

부모란 그런 거다. '파도가 바다의 일이라면 너를 생각하는 것

은 나의 일이었다'는 김연수의 소설 속 문장처럼 자식을 생각하는 건 부모의 일인 거다. 자식에게 평생 메어 있는 게 부모다. 우리 엄마도 그렇다. 나도 내 동생도 엄마에겐 평생 가슴에서 내려놓지 못하는 짐일 것이다. 모지스 할머니에게도 먼저 떠난 자식들은 지울 수 없는 문신 같은 상처였다.

1927년 추운 겨울 어느 날, 남편 토머스도 결국 심장마비로 먼저 세상을 떠났다. 이때부터 그녀는 우리가 모두 부르는 이름 '그랜마 모지스Grandma Moses'라고 불려졌다. 그녀는 남편을 하늘로 보내고 1932년 정들었던 마을을 떠나 딸 애나가 있는 버몬트 주의 베닝턴으로 이사를 간다. 애나가 결핵을 앓고 있어서 간호해주기 위해서였다. 애나는 자신을 간호해주는 엄마를 보며 어떤 마음이었을까. 자신도 이미 엄마였으니, 한 여자로서의 엄마의 인생이 보였으리라. 어쩌면 애나는 자신이 어렸을 때 그림을 그리던 엄마의 모습을 떠올렸을지도 모른다.

모지스 할머니가 본격적으로 그림을 그리기 시작한 건 일흔 살이 넘어서지만, 그녀의 최초의 작품으로 알려진 건 1918년 거

벽난로 덮개 그림Fireboard

—

1918년, ⓒGrandma Moses Properties Co.(GMP) 그랜마 모지스 재단

실의 벽난로 덮개에 그린 그림이다. 이 작품에 담긴 풍경은 어쩐지 조금은 쓸쓸해 보이기도 한다. 애나는 오래전부터 종종 그림을 그렸고, 지금은 수를 놓는 것이 취미인 엄마에게 털실로 그림을 그려보라고 권유했다. 그렇게 모지스 할머니는 딸을 간호하면서 자신의 '털실 그림' 활동도 함께 진행했다.

하지만 얼마 못 가 애나마저 사망하자, 모지스 할머니는 애나의 집에서 2년간 더 머물며 사위가 재혼할 때까지 두 손자를 돌보다가 1935년 다시 '이글 브릿지'의 농장으로 돌아왔다. 그곳에 남아 모지스 할머니를 기다리던 막내아들 휴와 며느리, 손자들은 그녀의 마음을 위로해주었다. 우연히 손자의 방에서 도화지와 그림물감을 발견한 모지스 할머니는 자신의 어릴 적 꿈이 화가였다는 사실을 떠올린다. 그리고 용기를 내 물감을 활용해 본격적인 그림 그리기에 도전한다. 그녀가 그림을 그릴 수 있도록 누구보다 응원해준 사람은 그녀의 여동생 셀레스티아 Celestia였다. 셀레스티아는 언니의 어릴 때 꿈을 잊지 않고 일깨워주며 적극적으로 독려했다. 1938년 그녀가 본격적으로 그림을 시작하며 처음 그린 그림은 '커리어 아이브스'라는 그림엽서 회사에서 나온 엽서를 따라 그린 것이다.

이를 시작으로 모지스 할머니는 어린 시절을 보냈던 고향, 그리고 남편과 함께 지낸 버지니아 스탠턴에서의 농장 생활을 그리워하며 그 시절 추억들을 그려나간다. 마르크 샤갈은 프랑스 파리에서 늘 고향 러시아 '비텝스크'를 그리워하며 고향을 그리고, 미국에서는 늘 프랑스 '파리'를 그리워하며 에펠탑을 그려 넣었다. 샤갈처럼 그녀도 기억에 의존해 그림을 그리고, 잊힌 기억을 그림으로 다시 살리는 화가였다. 그녀는 용기를 내어 지역 행사나 박람회에 작품을 출품하기도 했다.

> "저는 과일과 잼으로는 상을 받았지만 그림으로는 상을 못 받았어요."

그녀가 고백했듯이 젊은 시절 집안일을 하면서 지역사회의 인정을 받았던 것과는 달리 사람들은 그녀의 그림에는 큰 관심이 없었다. 그래도 그녀는 자신이 좋아하는 그림을 묵묵히 그려나갔다. 〈언덕 위의 느보 산Mt. Nebo on the Hill〉은 내게 그녀의 그림 중

언덕 위의 느보 산
Mt. Nebo on the Hill

—

1940년,
ⓒGrandma Moses
Properties Co.(GMP)
그랜마 모지스 재단

유독 특별하게 다가온다. 이 작품은 물감이 아닌 실로 완성되었는데, 세상을 먼저 떠난 어린 자식들을 그리며 '느보 산'이라 이름 붙인 그녀의 두 번째 삶의 터전을 표현했다. 이 그림이 완성된 해는 1940년. 그땐 애나가 죽고도 몇 년이 지난 뒤다. 어릴 때 저세상으로 보내야 했던 다섯 아이, 그리고 두 아이의 엄마로 살아가다가 젊은 나이에 먼저 떠난 딸 애나까지. 애나가 권유했던 털실 그림을 완성해가면서 모지스 할머니는 무슨 생각을 했을까. 떠난 자식들이 얼마나 그리웠을까.

모지스 할머니는 남편과 함께 농장 일을 병행하며 헛헛하던 마음을 자수로 위로했다. 얇은 실들이 모여 면을 형성하고 그림이 되었다. 평생 자수를 놓다가 관절염으로 인해 실과 바늘을 내려놓고 대신 붓과 캔버스를 들어야 했다. 그렇기에 〈언덕 위의 느보 산〉은 창작의 변화를 보여주는 그림이기도 하다. 자수를 놓는 일과 그림을 그리는 일은 그녀에게 재료만 다를 뿐 하나의 마음에 같은 목소리를 내는 일이었다. 그녀에게 이별은 삶에서 불쑥 등장하는 인사와도 같았다. 열 명의 아이들 중 다섯 명을 먼저 하늘로 보내고, 남편마저 떠나보내고, 함께 살던 애나를 결핵으로 보내고, 막내아들 휴마저도 그녀보다 먼저 세상을 떠났다.

가장 아름답고 행복한 순간에도 예술이 탄생되지만 가장 참혹하고 슬픈 순간에도 예술은 탄생된다. 아름다운 순간에 탄생한 예술은 남기고 싶은 체취지만 참혹한 순간에 탄생한 예술은 겪어냈다는 체취이다. 나는 그녀의 그림에서 남동생과 여동생을 먼저 하늘로 보낸 소녀 모지스의 마음과 자녀들을 먼저 떠나보낸 엄마 모지스의 마음, 남편을 저세상으로 먼저 보낸 아내 모지스의 마음을 느낀다. 소중한 사람들과의 이별의 아픔을 오롯이 견뎌낸 체취들을 그림을 통해 바라본다.

그래서 가슴이 컴컴해지는 순간들을 만날 때마다 나는 모지스 할머니를 생각하게 된다. 죽음과 자주 함께했던 그녀가 마주한 이별의 순간을 떠올리면 울컥울컥해진다. 마음앓이에는 아무리 신통방통한 약도 소용이 없다. 그저 시간이 지나가는 수밖에……. 하지만 그것이 삶이다. 죽음을 마주하더라도 새로이 하루를 살아가고, 또 살아갈 이유를 찾아 다시 살아가는 순환이 인생이다.

생활의
달인들

그녀의 그림에서는 늘 사람들의 땀냄새와 숨소리가 느껴진다. 〈5월: 비누 만들기, 양 목욕시키기May: Making Soap, Washing Sheep〉 속을 자세히 들여다보면 동시에 두 가지 일이 진행되고 있다는 것을 눈치챌 수 있다. 왼편의 남자들은 개울가에서 양을 목욕시키고 있고, 오른편의 아낙은 비누 양동이를 돌보고 있다. 그 당시 양은 가족의 의류를 해결해주는 고마운 동물이었다. 양들의 털이 수북하게 자라나기를 기다렸다가 그들이 내어주는 따뜻한 털로 한 집의 겨울나기가 해결되었다.

"비누를 만드는 일은 여성들의 일이었죠. 우리는 검소했고, 낭비되는 것은 전혀 없었어요. 잃는 것 역시 없었죠."

그녀는 이 그림을 보는 사람들에게 잿물 한 통에 기름이 3파운드 이상 들어가면 비누가 예쁘게 나오지 않는다고 이야기했다. 잿물의 양을 얼마나 잘 판단하는지가 얼마나 좋은 비누를 만들 수 있느냐를 좌우한다고 말이다. 그림으로 탄생된 건 한 장면이지만 그 속에 담긴 여러 과정을 그녀는 기억하고 있었다. 아주 작은 것을 만들어내는 것이라 해도 오랜 시간 노련미가 쌓인 그 분야의 선수가 존재하기 마련이다. 대부분의 이런 일은 함께하는 사람들의 손발이 척척 맞아야 진행된다. 그래서 그녀의 그림은 그녀가 소개하는 '생활의 달인'들을 만나는 일이기도 하다.

매일 힘겨운 삶 속에 있는 것 같아도 하루에도 숱하게 위트와 휴머니즘이 우리에게 다가오듯이 그녀의 그림도 그렇다. 털이 깎여 오들오들 떨고 있는 양의 모습에 귀여운 미소가 지어지고, 양들의 목욕을 지켜보며 으르렁대는 새까만 개는 '나는 왜 목

5월: 비누 만들기,
양 목욕시키기
May: Making Soap,
Washing Sheep
—
1945년, 나무에 유채,
43×61cm,
ⓒGrandma Moses
Properties Co.(GMP)
그랜마 모지스 재단

욕을 안 시켜주느냐'며 찡찡대는 아이같이 느껴진다. 비누 양동이 옆을 지나는 오리 형제들은 '꾸엑 꾸엑' 먹이를 달라 외쳐대고, 이 모든 장면을 풍경처럼 보고 있는 나도 어느새 함께 그림 속에 있다. "진작 좀 오제는 왜 이제야 왔노. 너도 저기 가 앉아서 양 목욕 좀 시켜라." 구수한 사투리를 쓰며 자리를 내어주는 시골 할머니 같은 음성이 들린다.

그녀의 그림을 볼 때마다 나는 시계가 없어도 돌아가는 세상을 상상한다. 일의 마감이나 시간이 기준이 되는 것이 아니라 함께한 사람들의 만족과 기쁨이 기준이 될 때 우리를 더 행복하게 한다. 모지스 할머니는 양초 만드는 모습도 그림에 담았다. 심지가 매달린 기다란 장대들을 몇 번이고 원하는 두께가 될 때까지 뜨거운 밀초 속에 담근다. 매일 이런 반복적인 생산활동을 했던 그녀에게는 그림 그리기보다 집안일이 훨씬 익숙했다.

"한 도시를 이해하려면 그곳에서 사람들이 어떻게 일하고 어떻게 사랑하며 어떻게 죽는지 살펴보는 것이 좋다"고 자신의 소

1800년대 양초 만드는 날Candle Dip Day in 1800
—
1950년, 나무에 유채, 24×23cm,
©Grandma Moses Properties Co.(GMP) 그랜마 모지스 재단

설 《페스트La peste》에서 말했던 알베르 카뮈Albert Camus의 말이 마음에 맴돈다. 나의 느낌을 담아 모지스 할머니의 작품을 이야기하는 이 글을 쓰는 동안 나는 도시에서의 삶을 살면서도, 생각의 끝에는 그녀의 그림 속 마을에 가 있었다. 때로는 그녀의 딸이 되었고, 어느 날은 그녀의 옆집 아줌마가 되어 도란도란 이야기를 나눴다. 어느 날은 보이는 풍경 모두가 꿈 같았고, 또 어느 날은 지극히 현실처럼 느껴졌다.

꿈과 현실을 오가게 해주었던 이야기들이 전부 모지스 할머니의 그림 안에 있었다. 부분의 합이 늘 전체가 되는 것은 아니지만, 우리가 사는 삶의 이런 부분 부분이 모여 인생 전체가 완성되는 것이라면, 내가 글을 쓰고 있는 지금도, 당신이 글을 읽고 있는 지금도 소중하지 않을 리 없다.

매일 힘겨운 삶 속에 있는 것 같아도

하루에도 숱하게 위트와 휴머니즘이

우리에게 다가오듯이

그녀의 그림도 그렇다.

빨래하는
날

많은 화가들에게 빨래는 참 재미있는 주제다. 우리나라의 화가 박수근은 개울에서 빨래하는 한국의 아낙들을 서정적으로 표현하였고, 프랑스 인상주의 화가인 카유보트Gustave Caillebotte 도 깨끗이 빨아 널린 흰 천을 햇빛과 함께 표현했으며, 후기 인상주의 화가 고갱Paul Gauguin은 아를에서 지내는 동안 빨래하는 여인들을 목가적인 화풍으로 그림에 여러 번 담았다. 모지스 할머니의 〈빨래하는 날Wash day〉은 또 다른 의미로 다가온다. 남자 화가들이 그린 빨래를 보다가 여자 화가들이 그린 빨래를 보면 그림을 대하는 나의 마음가짐부터가 달라진다. 남자 화가들에게 빨래라는 주제는 호기심 어린 눈빛으로 빨래하는 사람의 행위를 쫓아가는 것이지만, 여자 화가들에게 빨래는 어제 내가 했고 오늘도 내가 해야 하는 일상이다.

화가에게 그림은 곧 몸의 일부와 같다. 우리 몸의 모든 것들은 우리의 생존을 돕기 위한 목표로 존재한다. 이를테면 눈썹은 땀이나 먼지가 눈에 들어가지 않도록 돕고, 코는 냄새를 맡기 위해 존재하며, 침은 우리가 먹은 음식을 분해하기 위해 존재한다. 화가가 그린 그림도 마찬가지다. 화가가 남긴 붓터치, 화가가 선택한 색상, 두껍게 발라놓은 마티에르 하나하나에 화가는 자신이 표현하고픈 걸 담는다. 그의 의지가 담기는 것이다. 그래서 화가의 그림을 보는 것은 그의 삶의 태도를 보는 것과 같다. 그러므로 모지스 할머니가 그린 그림은 그녀의 삶의 자세이고, 그녀의 삶을 엿볼 수 있는 통로이다. 그녀는 한 인터뷰에서 성경도 한번 그려보는 것이 어떻겠냐는 기자의 질문에 경험하지 않은 것을 그리고 싶진 않다고 말했다. 그녀에게 경험하지 않은 일을 그리는 것은 진실이 아니므로 내키지 않는 일이었을 것이다.

빨래하는 날 Wash Day
—

감탄이 나올 만큼 안온해 보이는 풍경도 가까이서 보면 잡음들이 있고, 평화로워 보이는 풍경도 자세히 보면 분주하기 마련이다. 우리 삶도 그렇지 않을까? 작은 잡음들이 모여 어느 날은 조화로운 교향곡이 되고 어느 날은 시끌벅적한 로큰롤이 되기도 하지만, 그렇게 모인 인생이 하나의 시작과 맺음이 있는 음악이 아닐는지. 하루가 하나의 곡이라면 어제는 클래식, 오늘은 헤비메탈 같았다고 표현할 수 있겠다. 그녀가 그린 〈빨래하는 날〉은 포크송을 닮았다. 진정 좋은 음악은 악기 연주를 기술적으로 잘하는 것이 아니라 곡을 잘 이해하는 것이듯 그림도 그렇다. 진정 좋은 그림을 위해선 무엇을 표현하려는지 기술이 중요한 게 아니라 내가 그리고 싶은 이야기를 진정성 있게 담아내는 게 중요하다.

마음이 외롭거나 헛헛하거나 화가 나면 나도 모르게 커피 물을 끓인다. 부글부글 끓이고 또 끓여야 직성이 풀린다. 집안일을 하면서 스트레스가 풀리는 순간이 이럴 때다. 집안일이 스트레스 해소의 통로가 되는 경험을 우리는 종종 마주하는데 빨래도 그중 하나다. 손으로 북북 때가 탄 곳을 비비며 빨아대면,

막혔던 마음이 이내 뻥 뚫리는 신묘한 경험을 하게 된다. 락스를 뿌리며 해대는 화장실 청소도 그렇고, 늦은 밤 갑자기 하는 서재 정리도 마찬가지다. 우리는 여자로 살아가고, 주부로 살아가고, 엄마로 살아가면서 집안일이라는 행위 자체와 내 감정을 교류하고 소통하게 되는 것이다.

모지스 할머니의 그림들을 마주할 때마다 나는 이제는 별이 되어 하늘로 간 내 할머니를 자꾸 불러온다. "할머니, 이것 좀 봐. 할머니랑 비슷해. 여기 좀 봐. 이 마을도 이런 식으로 큰 빨래를 하나 봐." 우리 할머니는 빨래의 마지막은 꼭 본인이 손수 빨았다. 그녀에게 빨래는 작품 같았다. 그림 속 그녀들처럼 놋으로 된 찌그러진 솥 안에 빨래들을 삶고 또 삶아서 깨끗이 한 다음 작품을 전시하듯 빨랫줄에 길게 걸어 널었다. 마치 지구상의 모든 세균을 박멸하고야 말겠다는 연구원처럼 할머니는 순결한 빨래를 목표처럼 여겼고, 결국 그렇게 절대적으로 깨끗한 집안을 만들려다가 뇌졸증으로 쓰러지셨다. 한쪽 몸이 마비가 와 거동이 불편한 와중에도 할머니는 방바닥 닦는 걸레를 절대 손에서 놓지 않았다. 그녀에게 무엇인가를 쓸고 닦고 깨끗이 하는 일은 평생 종교처럼 진행되었다. 어쩌면 한평생 맺힌 한이나 인생의 쓸쓸함을 그렇게 해서라도 게워낸 것일지도 모르겠다. 그렇게 내 할머니의 인생은 청소만 하다 별이 되어 총총히 사라졌다.

〈빨래하기Taking in Laundry〉는 모지스 할머니가 그린 또 다른 빨래하는 날이다. 대각선으로 부는 바람에 나무들이 고개를 전부 갸우뚱댄다. 순식간에 비바람이 몰아칠 기세다. 애써 널은 빨래를 서둘러 걷어야 하는데 마을은 아직 한가로워 보여 내 마음이 괜히 더 불안해져 발을 동동 구른다. 기어이 비가 오기 시작한다. 드디어 빨래들이 세수하는 날을 맞이한 것이다. 나는 그녀가 그린 이런 날이 좋다. 진솔하면서도 일상적이어서 좋다. 희망에 차지도 절망에 빠지지도 않은 평범한 보통날을 그린 것 같아 좋다. 특별히 예쁜 색으로만 칠해진 것이 아니라 카키색, 갈색빛의 마을을 표현했는데도 이렇게 소담스러운 걸 보면 그녀의 그림의 비밀을 알 것 같다. 샤갈이 '색채의 마술사'고, 모네가 '빛의 마술사'라면 그녀는 '일상을 그려내는 마술사'다.

《식객》으로 수많은 음식의 귀함을 세상에 알린 만화가 허영만 선생님은 이 세상에 맛있는 음식의 수는 어머니의 수와 같다고 했다. 이 그림을 보며 이 세상에 깨끗한 옷들은 어머니의 땀방울 같다는 생각을 했다. 빨랫줄에 오소소 널린 새하얀 빨래를 보면 내 슬픔도 고민도 깨끗이 빨아 탁탁 털어 널고 싶어진다. 오염되지 않은 그녀의 마을은 회색으로 가득한 도시를 사는 우리에게 불편함이라는 단어를 그립게 만들어준다. 버튼만 몇 번 누르면 완전히 보송보송하게 건조까지 되는 세탁기가 있는 기술 발달의 문명사회 속에 살고 있지만 불편한 손빨래가 그리운 나는 여전히 구식이다. 빠르고 편리해진 삶은 우리에게 자유로움과 속도가 주는 효율성을 안겨주었다. 하지만 우리는 문명화되지 않았던 시절 속 노동의 소중함과 느리고 불편하지만 낭만이 있던 추억을 지금도 사랑한다.

빨래하기 | Taking in Laundry

1951년, ©Grandma Moses
Properties Co.(GMP)
그랜마 모지스 재단

모두 함께해요,
퀼팅 모임

우리의 옛 선조들이 함께 모내기를 하고 김을 맸던 것처럼, 뉴잉글랜드의 시골 아낙네들에게는 함께 퀼팅을 하는 것이 협력을 하고 친목을 도모하는 활동이었다. 뉴잉글랜드의 겨울은 다른 지역보다 유난히 더 길었고, 땅은 고르지 않고 척박했다. 농사를 주된 생계 수단으로 삼기 어려운 환경이었기에 이 지역에 사는 사람들은 다양한 생계 수단을 만들어나갔다. 방앗간을 세운다거나 목초지와 숲에서 할 수 있는 생산 활동을 했다. 그녀가 살던 마을의 아낙네들은 가을부터 봄이 오기까지 긴긴 나날들을 자수를 놓으며 함께했다. 당시 미국은 섬유 산업이 활

발했고 천 속에 솜을 넣어 누비는 퀼트를 많이 했다. 퀼팅 모임에서 미국의 부녀자들은 함께 퀼팅을 하며 공동체 의식을 쌓았다. 각자의 집에서 남은 천 조각을 가지고 와서 수건돌리기 하듯 둥글게 둘러앉아 소소한 이야기를 나누며 바느질을 하는 시간이었다.

머리가 희끗하고 나이가 지긋한 할머니가 퀼팅 이불의 가장 왼편에 앉아 있다. 아마도 그녀는 이 마을에서 내로라하는 퀼팅 선수일 것이다. 그녀를 시작으로 이불을 둘러싸고 삼삼오오 마을의 아낙들이 둘러앉았다. 그녀들은 퀼팅을 하며 때로는 천의 색감을 배치하는 데 열을 올리는 디자이너가 되기도 하고, 때로는 앞집 아들과 언덕 너머 집의 딸을 연결해주는 중매쟁이도 되었으며, 때로는 가장 단합이 잘되는 축구팀 같았을 것이다.

아무리 큰 이불도 모두가 함께 힘을 합치면 어느새 완성이 된다. 누구네 집 자식이 이번에 도시에 나가 어느 직장에 합격했더라, 우리 남편은 요즘 너무 잔소리가 많다 등의 흉도 보면서 여성들끼리 시작한 퀼팅은 어느덧 온 마을의 행사가 된다. 귀여우면서

퀼팅 모임The Quilting Bee

—

1950년, 나무에 유채, 51×61cm,
©Grandma Moses Properties Co.(GMP)
그랜마 모지스 재단

도 따뜻한 공동의 행사가 현실적으로 그림 속에 녹아 있다.

주방에서는 요리가 한창이다. 거실 앞쪽에는 한상 가득히 식사가 준비되고 있다. 화려하지 않은 음식들도 마을 사람들 모두가 모여 함께 먹는다면 풍요로운 잔칫상이 된다. 이리저리 덩달아 분주히 움직이는 아이들과 흥분한 강아지들 사이에서 시간이 멈춘 듯 뜨개질을 하는 할머니까지, 이 그림 속에는 남녀노소가 함께한다. 간간이 보이는 마을 남자들은 밖에서 구해 온 장작을 옮기고, 가구를 수리하고 있다.

누군가들과 함께 살아간다는 것은 신뢰가 바탕이 되어야 할수 있는 일이다. 그녀가 그린 퀼팅 모임을 보고 있으면, 누구와함께하는 시간들이 나에게 치대는 일이라고 단정 지으며 귀찮아하던 이기적인 마음이 부끄러워진다. 언제부턴가 우리도 사람을 물건처럼 귀찮아하기 시작하지 않았던가. 믿지 못해서다. 여럿이 모여 있으면 상대방 중 누군가는 날 불편하게 할 것이고, 또 다른 누군가는 나에게 조금이라도 피해를 줄 것 같고, 듣고 싶지 않은 이야기에 시간을 허비하고 싶지 않다는 개인적이고 지독한 엄살이 생겨서다.

하지만 그녀의 그림 속 사람들을 보고 있으면 사람과 사람이 함께하는 시간들을 이득과 손해로 일일이 계산하는 것이 얼마나 차갑고 외로운 일인지를 깨닫게 된다. 사람을 귀찮아하고 사람을 믿지 못하는 잘못은 애초에 나에게 있었는지도 모른다. 모지스 할머니가 그린 그림의 모든 순간에는 '사람'이라는 주인공이 빠지는 일이 없다. 사람들과의 경험으로 그린 그림이 바로 그녀의 그림이다. 연애를 하면 무뚝뚝했던 사람도 애교가 생기고, 말이 없던 사람도 수다쟁이가 되는 것처럼 그림도 그렇다. 좋은 그림은 우리의 삶에 다가와 우리를 변하게 하고 더 나은 삶으로 이끌어준다. 그녀의 그림이 내게 속삭인다. 사람들 사이에 더 자주 서 있으라고.

　　　"삶은 일상의 과정이었습니다."

그녀에게 삶은 총체적인 하나의 형태로 다가온 것이 아니라 반복되는 매일이었다. 식사를 위한 요리 준비, 정원에서의 잡초를

뽑는 일, 리넨을 다림질하기, 겨울이 되면 삽으로 눈을 치우는 일, 은제 식기에 광을 내는 일……. 비슷한 일이지만 어느 하나 똑같을 것 없는 다양한 가사노동들이 그녀의 삶의 과정이었다. 그녀는 훗날 이렇게 회상했다.

> "월요일은 빨래하는 날, 화요일은 다림질과 수선, 수요일은 빵을 굽고 청소하는 날, 목요일은 바느질, 금요일은 정원 일과 같은 잡다한 일……. 이런 일들은 우리 집에서도 이웃의 집에서도 반복되었어요."

열두 살부터 시작된, 그녀가 해온 일련의 과정들은 특별한 것이 없다. 그저 세상이 돌아가는 동안 일어나는 당연한 일들이다. 우리네 할머니가, 우리네 엄마가 묵묵히 해왔던 그런 일들이다. 바깥일처럼 해냈다고 티내며 자랑스러워할 수도 없고, 목표에 도달했다고 환호성을 치며 기뻐할 일도 아니지만 가정이 돌아가려면 꼭 필요한 일들이다.

계절이 바뀌어 피는 벚꽃처럼, 가을이 되면 물드는 단풍처럼 당연히 반복되는 일들이 가정에서도 일어난다. 적어도 세상이 불협화음 없이 돌아가려면 집에서 일어나는 사소한 일들도 중요하다. 한 땀 한 땀 정성으로 채워 완성해내는 퀼팅 같은 일 덕분에 세상의 많은 큰일들이 조화롭게 진행될 수 있는 것 아닐까 생각한다.

한겨울의 단풍나무
시럽 끓이기

미국의 남북전쟁 기간 동안 북부의 많은 사람들은 남부에 대한 저항의 표현으로 사탕수수와 당밀을 구매하지 않았다. 대신 북부 사람들에게는 단풍나무 시럽이 있었다. 늦은 겨울부터 이른 봄까지의 기간은 단풍나무 시럽이 태어나는 시간이다. 뉴잉글랜드와 미국의 북부지역은 따뜻한 낮 기온 덕분에 사탕단풍나무에서 겨울 내내 수액이 흐른다. 한 그루의 나무가 일 년 동안 만들어내는 수액은 10리터가 넘는다. 매년 2월이 되면 마을 사람들은 나무의 수액을 받는다. 처음 맛은 농도가 매우 낮은 희미한 단맛이지만 끓이고 또 끓여내면 아주 달달하고 짙은 맛의 시럽으로 변한다. 인고의 시간이 달콤함을 만들어주는 것이다.

모지스 할머니는 겨울만 되면 단풍나무 시럽을 만들던 지난날을 미소 지으며 떠올렸다. 해가 떠 있는 동안은 수액을 밖에서 졸여내고, 밤에는 실내에서 졸인다. 그녀는 수액에서 오래된 양말 냄새가 나기 시작할 때쯤이면 멈춰야 하는 것이 지혜라고 말했다. 두 눈을 크게 뜨고 그림을 살펴보면, 양동이를 들고 하루 종일 단풍나무 시럽에 불을 지피는 것에 신이 난 소녀 모지스가 떠오른다. 그림 왼편에 자리를 잡고 앉아 수액 양동이를 구경하는 노란 머리의 소녀가 혹시 그녀가 아닐까?

완성된 시럽에 팬케이크와 비스킷을 찍어 먹는 것은 최고의 행복이었을 것이다. 사르르 녹는 그 맛을 느끼기 위해 그토록 오랜 시간을 많은 마을 사람들이 나무에서 수액을 받아내고, 모은 수액을 큰 양동이에 옮기고, 다시 끓는 수액으로 이동시키고, 무릎을 굽히고 눌어붙지 않도록 저어가며 정성을 다했을 것이다. 그녀의 그림은 '홈메이드Home made'의 과정을 여실히 보여주는 소박한 설명서다. 하지만 이것이 당시 마을의 부지런

단풍 설탕 가져오기|Bringing in the Maple Sugar
—

1939년, ⓒGrandma Moses Properties Co.(GMP) 그랜마 모지스 재단

To Mr. Harris.
MOSES.

단풍나무 과수원에서 슈거링 오프
Sugaring Off in Maple Orchard
—
1940년, 캔버스에 유채, 46×61cm,
ⓒGrandma Moses Properties Co.(GMP)
그랜마 모지스 재단

한 사람들에게는 일반적인 삶이었다.

현대를 사는 우리는 불필요할 만큼 많은 음식과 물건들을 알고 먹고 지니고 있다. 하지만 우리가 먹고 사용하는 수많은 물건들이 어떻게 우리의 손에 오게 되었는지에 대해서는 큰 관심이 없다. 그런 과정에 대한 무관심은 많은 것들을 당연하게 여기고, 많은 것들을 감사하게 느끼지 않게 한다. 그녀의 그림을 통해 느낀다. 자연에서 얻는 재료로 만드는 음식은 그 무엇과 바꿀 수 없는 소중한 경험의 맛이 난다는 것을 말이다. 맛있는 음식으로 행복해지기는 아주 쉽지만, 그 음식이 우리 곁에 오기까지의 과정을 생각한다면 더없이 소중하다. 그리고 그 소중한 음식을 함께 먹는 사람들 덕분에 우린 더 큰 행복감에 도달할 수 있다.

나무가 긴 겨울잠에서 깨어나면 달달한 수액을 우리에게 선물하는 것을 본 적이 있다. 어릴 적 내가 지낸 지리산 시골에는 고로쇠나무가 있었다. 동네 어른들은 그 고로쇠나무에 빨대 같은 것을 꽂아 귀한 수액을 한 방울, 한 방울씩 받아냈다. 그러고는 그 물을 약처럼 아픈 사람에게 먹였다. 뼈에 이롭다는 뜻을 지닌 골리수骨利樹에서 시작된 이름인 고로쇠나무는 모지스 할머니의 마을에 있는 사탕단풍나무처럼 우리에게 귀한 물방울을 아낌없이 주는 나무다.

순백색과 녹색을 좋아하던 모지스 할머니에게 단풍나무 시럽을 만들던 '슈거링 오프Sugaring Off'는 자신의 추억을 잘 담을 수 있는 주제였다. 그녀는 '슈거링 오프'를 주제로 여러 작품을 그렸는데, 그중 한 작품은 2006년에 120만 달러(한화 약 14억 원)에 팔리기도 했다. 그림 속 추억으로 들어가보면 수많은 사람들이 새하얀 눈 위에 모여 있다. 누군가는 단풍나무에 매달려 수액을 뽑아 받고, 누군가는 큰 가마솥에 지글지글 장작을 지핀다. 아이들은 즐거운지 연거푸 손을 잡고 이쪽저쪽으로 뛰어다닌다.

"슈거링 오프는 버몬트에서의 오랜 행사였어요. 설탕을 제조할 때 모인 꼬마들에겐 즐거운 파티였죠. 마을 사람들 모두가 시럽을 먹고 달콤함을 기억하며 집으로 돌아갔어요."

슈거링 오프Sugaring Off

—

1943년, 나무에 유채, 58×69cm,

©Grandma Moses Properties Co.(GMP)

그랜마 모지스 재단

슈거링 오프Sugaring Off
—
1955년, 나무에 유채,
46×61cm,
ⓒGrandma Moses
Properties Co.(GMP)
그랜마 모지스 재단

접시 위에 눈을 올려놓고 잔뜩 졸여낸 단풍나무 시럽을 뿌리면, 어느새 눈은 달콤한 과자가 되고 캔디가 된다. 마을 사람들은 늘 이 시간을 '눈 속의 단풍Maple in the Snow'이라 부르며 파티처럼 즐겼다. 지금처럼 놀 거리들이 많지 않던 그 시절에는 이렇게 자연과 사람의 연합작전으로 마을의 잔치가 진행되었다. 캐나다 퀘벡에서 시작된 '슈거링 오프' 파티는 지금도 여전히 곳곳에서 진행되고 있다.

그녀의 그림은 '홈메이드'의 과정을

여실히 보여주는 소박한 설명서다.

맛있는 음식으로 행복해지기는 아주 쉽지만,

그 음식이 우리 곁에 오기까지의 과정을 생각한다면

더없이 소중하다.

추수감사절 칠면조 잡기|Catching the Thanksgiving Turkey
1943년, ⓒGrandma Moses Properties Co.(GMP)
그랜마 모지스 재단

제3장

모든 축제는 그림이 된다

이렇게나 변하다니…….

그때는 전기스토브도 없었고 슈퍼마켓도 없었지만 행복했지요.

그리고 추수감사절에 온 가족이 모여서 우리가 가진 것에 대해 감사를 드렸어요.

요즘 같은 현대에 우리는 우리가 가지고 있는 것에 대해

더 많이 감사해야 해요.

왁자지껄
핼러윈데이

모지스 할머니의 그림은 멀리서 보면 평온해 보이지만 가까이 들여다보면 재미있는 소리가 가득 들린다. 고요함 속에 있는 수다스러움이 그녀의 그림이 가진 매력이기도 하다. 밤이 되자 마을은 캄캄해졌고, 집집마다 문 앞에 호박에 눈, 코, 입을 판 잭오랜턴Jack-O'-Lantern을 내려놓았다. 아이들은 낄낄대며 최선의 계획으로 분장한 옷을 입고 나왔고, 어른들도 덩달아 신이 난 오늘밤은 핼러윈데이Halloween Day다.

핼러윈은 원래 켈트인들의 전통 축제였다. 켈트족은 그해의 마지막 날이 오면, 음식을 마련해 죽음의 신에게 의식을 지냈다. 이 시간은 먼저 세상을 떠난 사람들의 영혼을 달래주는 시간 이었다. 혹시나 악령들이 화를 낼까 봐 걱정이 된 켈트족은 자 신들이 악령처럼 보이도록 분장을 했다. 이 풍습이 핼러윈의 시작이다.

'똑똑똑!'

"트릭 오어 트릿Trick or Treat!"

으슥한 밤이 되면 오래전부터 전해 내려오는 놀이가 시작된다. 아이들은 집집마다 과자를 주지 않으면 장난칠 것이라는 짓궂 은 표정으로 문을 두드린다. 어른들은 알면서도 속아주며 분장 한 꼬마 악령들을 맞이한다. 중세 시대부터 특별한 날이 오면 가난한 사람들에게 음식을 나눠주던 풍습이, 핼러윈데이 밤이 되면 귀여운 놀이처럼 퍼진 것이다.

세상에는 수많은 사람들과의 관계가 존재한다. 가족만큼 촘촘

핼러윈Halloween

—

1955년,
ⒸGrandma Moses
Properties Co.(GMP)
그랜마 모지스 재단

한 이웃도 있고, 근근이 안부만 묻는 관계도 있고, 아주 오랜 시간 보지 않아도 용수철처럼 제자리로 돌아와 가까워지는 관계도 있고, 매일 보는 사이지만 절대 간격이 좁혀지지 않는 사이도 있다. 그녀의 그림에서 그녀의 마을에 함께 살았던 이웃들의 하루를 가늠해보는 일은 즐겁다. 소멸되고 확대되고 견고해지고 희미해져도 모두 살아 있는 관계 같아서 그림의 생명력이 느껴진다.

이런 축제날엔 서로 몰랐던 이웃들도 알게 되고, 알던 이웃들과는 더 친해지게 된다. 잘 모르는 이웃과 가까워질 수 있는 날이 하루쯤은 우리에게도 필요하다. 서로 간의 경계를 풀고, 마음에 꽁꽁 싸맨 자물쇠를 여는 순간 우리는 한 울타리에 살고 있는 이웃사촌이 된다. 때로는 단절된 관계가 주는 편안함보다 끈끈한 관계가 주는 관심과 애정이 인생에 있어 더 필요하다. 100년이 넘는 긴 인생을 살아가는 동안 고독은 그녀에게 가장 끈질기게 붙어 다니던 친구가 아니었을까? 그녀에게 고독을 이겨낼 수 있는 방법은 이웃과 함께 더불어 사는 삶이었을지 모른다. 더불어 사는 삶의 소중함을 아는 사람은 혼자인 시간에

도 척박하지 않고, 누군가와 함께인 시간에도 고독을 받아들일
수 있기 때문이다.

〈가위손〉, 〈유령신부〉, 〈배트맨〉 등 많은 사람들이 좋아하는 영
화를 만든 팀 버튼Tim Burton 감독은 한 인터뷰에서 어린 시절
핼러윈데이가 가장 신나는 날이었고, 그날 본 많은 캐릭터들이
훗날 자신의 작품에 깊은 영향을 끼쳤노라고 이야기했다. 어린
팀 버튼은 눈이 반짝거리고 잘생긴 캐릭터보다, 눈에 구멍이 뚫
리고 무덤에서 다시 일어나는 등 개성이 강한 유령들을 좋아했
다. 어린 팀 버튼이 모지스 할머니의 마을에 도착해 구석구석
구경하러 다니는 모습을 상상해본다.

서양뿐 아니라 우리가 사는 도시에서도 핼러윈데이 밤은 늘 재
미난 이야기로 가득하다. 유령이나 귀신, 박쥐나 검은 고양이처
럼 부정적이고 어둡다고 생각했던 존재들도 그날만큼은 삶에
서 주인공이 될 수도 있다는 것을 일깨워준다. 늘 그렇듯 빛이
나는 존재와 어둠을 지닌 존재가 함께 있어야 세상은 조화롭
다. 어른의 놀이와 아이의 놀이가 구분이 되지 않는 핼러윈 같

은 축제를 통해 우리는 어른이 되어도 마음속에 자신만의 동심 세계를 지니고 있음을 확인할 수 있다. 그녀의 그림엔 현실을 동화처럼 만드는 비법이 숨겨져 있다. 그림 속 달님이 내게 속삭인다.

'너도 우리만의 핼러윈 파티에 초대해줄게.'

때로는 단절된 관계가 주는 편안함보다

끈끈한 관계가 주는 관심과 애정이

인생에 있어 더 필요하다

오늘은
마을 축제날

모지스 할머니는 자서전에 자신이 가본 축제가 1876년 뉴욕의 트로이와 올버니 사이에서 열린 축제였다고 회고했었다. 그녀의 그림 〈마을 축제Country Fair〉 속 사람들은 각자의 공간에서 분주하게 축제를 준비하고 즐기고 있다. 마을에 큰 축제가 열린 모양이다. 그림의 가운데 수많은 풍선을 들고 걸어가는 남자가 눈에 띈다. 덕분에 내 마음도 금세 풍선처럼 부푼다. 새하얀 말과 갈색 말들이 즐비하다. 저마다 자신의 차례를 기다리고 있는 듯하다. 당시 주된 교통수단이었던 말을 사고팔기도 하는 날이었으리라.

화가가 자신이 그리고 싶은 것들을 가득 담아낸 그림을 보면 욕심이 많게 느껴지거나 숨 쉴 틈이 없게 느껴지기도 하는데, 그녀의 그림은 다르다. 앞집 사는 꼬마도, 뒷집 사는 청년도 빼놓지 않고 그려야겠다는 정 많은 의지가 엿보인다. '톰도, 엘리엇도 꼭 그려줄 거야' 하는 그녀의 목소리가 그림 곳곳에서 울려 퍼지고 있다. 이 그림을 즐기는 가장 쉬운 방법은 간단하다. 그림의 아래 울타리에 기댄 마을 청년들처럼 설레는 마음으로 이리저리 고개를 돌려가며 마을 구석구석을 구경하면 된다. 그렇게 마을 축제를 함께 즐기면 된다. 나는 한동안 그녀의 그림을 하루에도 수십 번 수백 번 봤다. 세수하기 전에도 보고, 밥 먹다가도 보고, 카페에 가서도 보고, 택시 안에서도 봤다. 그녀에 대해 더 자세히 알고 싶었고, 그녀와 친해지고 싶었다. 이제 세상을 떠난 그녀를 만날 수 없으니 그녀와의 대화를 바라는 건 꿈에서만 가능한 일이다. 만나면 다른 건 몰라도 한 가지 반드시 묻고 싶은 것이 있었다.

"그림을 그릴 때 가장 힘든 순간은 언제였나요?"

마을 축제|Country Fair
—
1950년, 캔버스에 유채,
89×114cm,
ⓒGrandma Moses
Properties Co.(GMP)
그랜마 모지스 재단

그녀의 그림은 늘 비슷한 속도와 밀도로 이야기를 하는 것 같았다. 그래서 그녀가 권태기 따위는 절대 없는 화가로 느껴졌다. 정말 그런지 물어보고 싶었다. 그녀는 끝까지 내 꿈에 나타나지 않았지만 몇 달을 더 치밀하게 그녀의 작품과 가깝게 지내면서 느꼈다. 그녀에게 그림을 그릴 때 힘들었던 순간이 언제인지를 물어보고 싶다는 내 생각이 얼마나 바보 같은지 말이다. 그녀는 힘든 순간마다 그림을 그리며 지내왔기 때문에 내가 궁금해했던 질문 자체가 모순이었다. 마음이 황량할 때, 처량해질 때, 누군가가 그리울 때……. 그녀가 그럴 때마다 그린 그림들이었다. 힘든 순간마다 파노라마처럼 떠오른 기억들이 그녀의 손끝에서 다정한 작품으로 살아난 것이다.

그렇게 스스로 마음의 결론을 내리고 나서부터는 이상하게 그녀의 작품에 대한 글을 쓰려고 하면 눈물이 먼저 핑 돌았다. 모든 그림에 슬픈 장면이 하나도 없는데도 그랬다. 참 신기한 일이었다. 왁자지껄하고 즐거운 날인데도 그녀의 그림이 모니터에 둥둥 뜨기만 하면 이상하게 자꾸 눈물이 났다. 그래서 한동안은 원고 파일을 못 열고 머뭇거렸다. 어떤 이유 때문인지 그녀의 그림을 보고 있으면 기쁨과 슬픔, 벅참이 공존했다. 이유가 뭘까? 며칠 동안 곰곰이 생각했다. 그리고 깨달았다. '그리움'이라는 감정 때문이었다. 반짝반짝 빛이 나던 시절을 그림에 담아놓아서였다. 누구나 반짝거리는 시절과 건강하게 이별해야 하는 날이 온다. 그런데 그녀의 그림은 그런 반짝거리는 시절을 생명력 있게 그림으로 담아냈다. 그녀의 그림들이 하나같이 지나간 건강한 날들의 회상이어서 자꾸 눈물이 났던 거다.

살아가면서 만나는 많은 정서들을 주머니에 담으며 지낸다면, 나이가 들수록 주머니에 가장 많아지는 건 '그리움'이 아닐까. 조약돌을 계속 쓰다듬으면 조약돌에도 광이 나는 것처럼 그리움이라는 단어가 가장 맨들거릴 것이다. 그녀의 그림은 내게 우리 시대의 가장 작은 사람, 소외된 마지막 한 명까지 따뜻하게 보듬는 그림이다. 그래서인지 사람이 그리운 날, 부대끼고 싶은 날이면 그녀의 그림이 더욱 보고 싶어진다.

칠면조를
잡아요

미국에서 11월 넷째 주 목요일이 되면 모두가 함께 한 해를 보내며 힘들게 수확한 농산물에 대해 감사하는 명절인 추수감사절Thanksgiving Day이다. 이날 칠면조는 빠질 수 없는 주된 요리다. 언제부터 사람들이 추수감사절에 칠면조 요리를 먹었는지에 대해서는 여러 설이 있어서 전래동화의 기원을 찾는 것처럼 어렵다. 하지만 첫 추수감사절 때 새 사냥을 갔던 사람이 칠면조를 잡아와서 먹었던 게 계속 이어져 내려왔다는 설이 일반적이다.

"이 그림을 그렸을 때 내 마음은 다섯 살 무렵의 아이 때로 다시 되돌아갔지요. 추수감사절이 찾아오면 우리는 모두 으레 가정에서 저녁을 먹어야 한다고들 생각했어요. 우리들과 같은 많은 어린아이들이 놀이를 하면서 즐거운 시간을 보내곤 했지요."

누군가가 나에게 모지스 할머니의 작품들 중 가장 역동적인 그림이 무엇이냐고 묻는다면 나는 망설임 없이 칠면조를 잡는 장면을 담은 작품들이라고 말할 것이다. 그녀가 그린 〈칠면조들 Turkeys〉에는 의성어와 의태어가 가득하다. 그림을 보자마자 순식간에 칠면조를 잡는 장면이 영상처럼 펼쳐진다. 눈 덮인 마을에서 청년들이 한쪽으로 우르르 칠면조를 몰고 있다. 과연 오늘의 사냥이 성공할지 의문이지만 이미 도끼로 큰 나무를 베고 있는 사람을 보면 마음만큼은 이미 성공이다. 그녀는 그림 속에 이리 뛰고 저리 뛰는 소란스러움과 순발력을 함께 담아냈다.

"스토브를 그릴 때에는 장작을 손으로 어떻게 패고 칠면조를 어떻게 구워야 하는지 회상했어요. 나무 상자는 마른 목

칠면조들Turkeys
—
1958년,
ⒸGrandma Moses
Properties Co.(GMP)
그랜마 모지스 재단

재로 항상 가득해야 했어요. 그리고 버터를 손으로 저어야
했지요."

오늘날에도 일부 지역은 추수감사절이 되면 식탁에 다섯 개의
옥수수를 올려놓는다. 청교도들이 식량 부족으로 고생할 때
한 사람에게 하루치 식량으로 배당되었던 것이 옥수수 다섯 개
였던지라 그 풍습이 지금도 전해 내려오는 것이다. 밤이 되면
어른들은 지금까지 추수감사절이 우리에게 오기까지 많은 고
생을 했던 조상들의 노력을 이야기한다. 어린이들은 그 감사함
을 잊지 않고 어른이 될 때까지 살아가고, 어른이 되면 다시 어
린이들에게 그 감사함을 이야기해준다.

추석이 되면 우리나라도 흩어져 있던 가족들이 함께 모이는 것
처럼 추수감사절도 그렇다. 멀리 떨어진 가족들이 모두 함께 모
여 식사를 한다. 지금은 추수감사절 다음 날, 일 년 중 세일을
가장 많이 한다는 블랙프라이데이Black Friday 때문에 돈이 많
이 움직이는 명절이 되었지만, 사실은 의식적으로 감사함을 나
누고 느끼자고 존재하는 날이다. 원래부터 우리가 잊지 않아야

하는 것들은 다 이런 오래된 의식 속에 담겨 있다. 그렇게 한 움큼 감사를 하고 나면 다가온 해에도 감사할 일들이 생기게 된다. 그녀가 그림으로 남긴 추수감사절, 크리스마스와 같은 날들은 우리에게 더 본질적이고 오래된 것들에 대해 생각해보는 시간을 준다. 갑자기 나타났다가 얼마 지나지 않아 금방 사라질 유행이 아니라 오랜 시간 동안 전해져 온 행위나 풍습들은 다 그럴 만한 이유가 있기 마련이다.

　　"이렇게나 변하다니……. 그때는 전기스토브도 없었고 슈퍼마켓도 없었지만 행복했지요. 그리고 추수감사절에 온 가족이 모여서 우리가 가진 것에 대해 감사를 드렸어요. 요즘 같은 현대에 우리는 우리가 가지고 있는 것에 대해 더 많이 감사해야 해요."

수많은 화가들의 그림을 보며 그 화가가 살던 시간과 공간으로 여행을 떠나보는 일, 나는 그 과정이 즐겁다. 화가의 눈으로 세상을 보는 일만으로도 몰랐던 세계의 닫혀 있던 문이 하나둘 열린다. 그녀의 그림은 나에게 말한다. 내가 가진 것들을 세세

칠면조 잡기
Catching the Turkey
—
1940년, 나무에 유채,
ⓒGrandma Moses
Properties Co.(GMP)
그랜마 모지스 재단

히 열거해 보라고, 지금 내가 가진 것만으로도 충분하다고 말이다. 이렇게 나는 그녀의 그림을 통해 익숙한 감사함을 다시 새롭게 배우고 있다.

감사함을 잊지 않고

어른이 될 때까지 살아가고,

어른이 되면 다시 어린이들에게

그 감사함을 이야기해준다.

크리스마스를 기다리는
마음으로

내가 산타 할아버지의 존재가 아빠와 엄마의 합동작전이었다
는 사실을 처음으로 깨달은 것은 초등학교 3학년 때의 일이다.
정확히 말하면 열 살이 되던 해, 크리스마스를 앞둔 이틀 전, 나
는 엄마의 장롱에서 인형처럼 생긴 뭉텅이가 알록달록한 포장
지에 싸여 있는 것을 보았다. '설마 저 선물이 크리스마스 날 아
침에 산타 할아버지가 놓고 가는 선물일까? 아니겠지? 산타 할
아버지가 미리 장롱에 넣어놓는 것은 이상한데…….' 마음속으
로 의심도 했지만 노느라고 바빠 잊었다. 그런데 이틀 뒤 크리스
마스 날 아침, 며칠 전 엄마의 장롱 속에서 보았던 포장지 뭉텅

이가 내 머리 위에 있는 게 아닌가. 눈을 뜨자마자 그걸 보고는 나는 그만 울어버렸다. 선물이 싫어서가 아니었다.

'이 세상에 산타 할아버지가 없는 것은 아닐까?' 그게 너무 슬펐다. 사실을 의심해보지 않은 것은 아니다. 나는 다만 장롱 문을 열었을 때, 크리스마스 선물 꾸러미가 있는 대로 웅크리고 숨겨져 있는 모습을 다른 사람도 아닌 내가 직접 확인했다는 사실이 싫었던 것 같다. 세상에 꼭 알아야 하는 사실과 몰라도 되는 사실이 공존한다면 나는 보지 말아야 할 것을 본 것이다.

크리스마스 날 아침이면 착한 일을 한 어린이에게만 산타 할아버지가 선물을 놓고 간다는 오래된 전설은 그것이 사실인지 아닌지가 중요한 것이 아니다. 믿는다는 것이 중요하다. 빈틈없이 믿고 싶은데 믿지 말라고 내게 정확하게 보여준 그 오래된 장롱이 나는 여전히 밉다. 하지만 그날 이후로 나는 다른 사실을 믿었다. 산타 할아버지가 북유럽의 핀란드나 노르웨이에서 한국까지 너무 멀어서 오지 못하고, 엄마, 아빠가 대신 선물 전달식을 한다고 굳게 믿으며 살았다. 물론 지금도 세상의 많은 엄마,

산타클로스를 기다리며Waiting for Santa Claus
—

1960년, ⓒGrandma Moses Properties Co.(GMP) 그랜마 모지스 재단

아빠가 산타 할아버지의 선물 대리 전달 활동을 하고 있다고 생각한다.

크리스마스는 모두에게 기다려지는 날이다. 어른이 되고 나서 부터 산타 할아버지에게 선물 받는 아침은 맞이하지 않게 되었 지만 크리스마스 이브에는 어린 시절의 그날처럼 설렘을 가지 고 잠이 들고 싶다. 과연 내일 아침 어떤 선물이 놓일까 희망을 가지면서……. 어떤 선물이든 '기다림'이라는 감정이 함께한다 면 가치가 높아진다. 이불 안에 있는 네 녀석들도 그 기다림을 믿고 웃으며 잠이 든다. 나는 그림 속 이야기들을 그림 밖으로 연장시키는 것을 좋아한다. 과연 내일 아침이면 어떤 모양의 선 물들이 이 방 어디에 놓여 있을까? 이 그림을 중심으로 도화지 가 더 컸다면 어떤 방 풍경이 펼쳐질까? 상상하며 보는 즐거움 이 있다. 다음 날 아침 네 명의 녀석들이 옹기종기 모여 선물을 뜯어보는 장면이 담긴 그림을 떠올리는 것도 재미있다.

짙푸른 크리스마스 날 밤이 왔다. 눈이 흩어진 건지 별이 흩 어진 건지 모를 만큼 밤하늘이 빛나는 구멍들로 가득하다. 지

내년에 다시 만나요 So Long till Next Year

—

1960년, 나무에 유채, 41×61cm, ⓒGrandma Moses Properties Co.(GMP) 그랜마 모지스 재단

난 한 해도 나는 얼마만큼 착한 일을 하며 보냈나? 착한 마음은 좀 가져봤었나? 그림 속 별들을 바라보며 떠올려본다. 여전히 나쁜 마음만 더 가득했었다. 시기하는 마음, 이기적인 마음이 저 별들보다 더 많았다. 이제부터라도 착한 마음도 같이 먹자고 내 마음 밭을 어루만지며 다져본다. 새해는 그러라고 오나보다. 다이어트와 금연 계획도 좋지만 내 마음을 현미경으로 들여다보는 계획이 더 우선이다.

눈이 흩어진 건지 별이 흩어진 건지 모를 만큼

밤하늘이 빛나는 구멍들로 가득하다.

지난 한 해도 나는 얼마만큼 착한 일을 하며 보냈나?

착한 마음은 좀 가져봤었나?

그림 속 별들을 바라보며 떠올려본다.

관계의
소중함

나이가 들어갈수록 다가오는 슬픔이 있다. 바로 부모님과의 이 별이다. 아직 다가오지도 않은 미래를 걱정하는 내가 우습지만 요즘은 텔레비전을 보다 잠든 엄마 아빠의 뒷모습만 봐도 코가 시큰해진다. 아직 못해드린 것이 너무 많은데, 그렇다고 더 잘 해드릴 자신도 막상 없어 무기력한 딸이 되어버리고 만다. 물질 로 보태주지 못하면 마음으로라도 곁을 내줘야 하는데 여전히 난 무뚝뚝한 딸이다. 얼마 전에 부모님께서 파주의 문산으로 이사를 갔다. 난 도대체 왜 이렇게 멀리 갔냐고, 그러다 북으로 이사를 가겠다며 부모님 댁이 멀다고 자꾸 핀잔을 했다. 엄마는 그곳에서 매일 임진강의 일몰을 그린다. 해 뜨는 것 좀 그리라고 왜 청승맞게 해 지는 것만 그리느냐고 너스레를 떨며 참견을 해보지만, 엄마의 일몰 그림을 보면 왠지 뭉클하다. 쉰 살이 되어 뒤늦게 하고 싶었던 그림을 배운 엄마. 내 마음속 또 다른 모지스 할머니다. 목구멍까지 눈물이 차올라도 여전히 난 엄마에게 사랑한다는 말을 잘하지 못한다. 모지스 할머니의 그림과 함께하면서 나는 매일 엄마 품에 있는 기분이었다.

따뜻한 색감 때문인지 그림의 구도 때문인지는 모르겠지만, 모지스 할머니의 그림을 보고 있노라면 마음속 저편에 훈훈한 난로 하나가 들어서는 기분이다. 계속 엄마를, 할머니를 생각나게 한다. 어릴 적 내가 자리에 누워 있으면 들리던 할머니와 엄마의 시시콜콜한 잔소리들이 지금도 마음을 따뜻하게 한다. 엄마만이 알고 있는 김치를 담글 때의 순서라든가, 닭볶음탕을 끓일 때의 제일 적당한 당근의 크기는 어느 정도인지, 이불 빨래는 어떤 날씨에 하는 것이 좋고, 여름이 되면 어떤 돗자리를 사는 것이 더 좋은지, 지난 시간 동안 엄마가 말했던 잔소리들을 하나하나 되짚어볼 참이다.

모지스 할머니에게 가족과 집과 마을은 그녀 본인이자 그녀가 가장 믿었던 가치이며 인생의 질서였다. 이제는 나도 명함에 적힌 소속과 일이 나의 전부가 될 수 없다는 것을 아는 나이가 되었다. 집을 나와도, 가족 안에 있어도 소중한 것은 가족이다. 때론 다투고 으르렁거려도 집에는 늘 사랑하는 사람들이 있었다. 어린 시절에는 명절 때마다 친척들이 모였다. 추석을 앞둔 밤이면 둥글게 앉아 반죽을 하고, 너도나도 할 것 없이 서로 송편을 만들며 솜씨를 뽐냈다. 낮에 산에서 따온 솔잎으로 어린 손으로 어설프게 만든 송편을 쪄냈다. 몇 분이 지나 드디어 엄마와 숙모들이 찜통을 가지고 오면 탄성을 지르며 내 송편은 참깨 속이 터지지 않았다며 좋아했다. 설 전날이면 쌀가루를 방앗간에 가지고 가 가래떡을 쭉 뽑아냈다. 모락모락 김이 나는 가래떡은 바로 먹는 게 별미, 사촌들과 앞다투며 꿀에 찍어 먹었다. 중학생이 되고 고등학생이 되고 대학생이 되고 성인이 되면서 서로 공부하느라, 취업 준비하느라 명절이 되어도 함께 모인 지가 꽤 오래되었다.

귀여운 체스판을 배경에 둔 모지스 할머니의 〈지난날Old Times〉

은 명절 전날 같다. 여러 친척들이 함께 모여 요리를 준비한다. 그림의 오른쪽 아래에는 요리가 완성되길 기다리며 장난치는 아이들이 보이고 왼쪽에는 서로 반가워 입맞춤을 하는 신혼부부도 보인다. 벽난로는 공간을 따뜻하게 데워주고, 이 모든 순간을 지켜보듯 그림의 중심에는 할머니 한 분이 앉아 계신다. 모지스 할머니는 그림의 중심에 있는 머리가 새하얀 할머니와 같은 마음으로 이 그림을 그렸을 것이다. 시끌벅적하고 소란스러워도 사람 냄새 가득한 이 공간을 좋아했으리라. 그녀가 이야기하는 것 같다. 이리 와 너도 흔들의자에 앉아보라고, 모닥불을 함께 지피고 함께 음식을 나르며 오늘을 보내자고 말이다.

그녀의 그림 속에는 하나의 가족만 존재하지 않는다. 여러 가족이 함께 존재한다. 바쁘다는 이유로 연락을 멀리했던 친척과 사촌들이 어디 한둘이던가. 안부 한 번 묻는 것이 SNS로 선물을 주는 것보다 더 오래 걸리지 않음에도 불구하고 말이다. 그녀의 그림을 보고 약속한다. 앞으로도 사랑하는 가족과 함께 아웅다웅 살겠다고……

닮고 싶은
그림

커피를 심각하게 사랑하는 나는 요즘 들어 차가 주는 새로운 매력에 빠졌다. 천차만별로 오묘한 차 맛에 빠져 이 차 저 차로 맛 여행을 떠나는 중이다. 시인 김소연은 《마음사전》에서 차에 대해 참 예쁘게도 비유한 적이 있다. '밥은 사람의 육체에게 주는 음식이라면 차는 사람의 마음에게 주는 음식이다. 밥보다 차를 즐기는 사람이라면 분명히 마음이 발달한 사람이다. 밥 한 그릇이 육체에게 에너지를 준다면 차 한 잔은 마음에 에너지를 준다'고 말이다. 그녀의 글을 읽으며 '그림 보기'도 마음에 에너지를 주는 '차 마시기'와 같다는 생각이 들었다. 시인은 식

당의 간판이 명시성을 추구하지만 찻집의 간판은 아름다움을 추구한다고도 했다. 그 말이 내게는 디자인은 실용성과 기능성을 추구하지만 그림은 아름다움과 심미성을 추구한다는 말로 또 다르게 다가왔다.

그림을 좋아하고 그림 보기를 사랑하는 사람 역시 마음이 발달한 사람이다. 그림에서 위로를 찾고, 그림을 보면서 사색에 잠기고, 때로는 말로 설명하지 않아도 마음으로 설명이 되는 순간이 그림을 만날 때 자주 찾아온다. 차에 따뜻한 온도가 존재한다면 화가의 손길이 느껴지는 그림에도 온기가 존재한다. 모지스 할머니의 그림은 단 한 부분도 놓치는 곳 없이 캔버스 구석구석에 온돌방을 깔아 놓은 듯하다. 누룽지 차처럼 고소한 차 맛이 나는 그림이다.

우리나라의 '조선백자'나 '달항아리'를 보고 있으면 도대체 누가 만들었기에 저렇게 아름답고 질박한가 싶다. 생각해보면 참 대단하다. 이름도 모르는 작가가 만든 항아리가 몇백 년이 지나도 아름다울 수 있는 이유는 꾸준한 기술만이 아니라 그 안에 마음이 있어서다. 항아리를 만든 도공의 마음이 역사를 걸러 전해져서다. 우리는 이럴 때 '장인'이라는 단어를 감히 사용한다. 자신의 인생을 바쳐 심장이 부르는 일을 행하는 사람, 모지스 할머니도 그랬다. 모두가 인생을 정리해야 할 시기라고 생각했던 75세에 그림을 그리기 시작해 세상을 떠나는 101세까지 총 1,600여 점의 작품을 남겼다. 물론 작품의 양이 작품의 질을 보증하지는 않지만, 그녀의 작품들은 열심히 삶을 살아온 아주 가까운 엄마이자 할머니가 주는 통찰력과 같다. 오랜 시간 겪어내고 살아낸 삶의 방식의 결과가 고스란히 그림에 일기처럼 담겨 있는 것이다.

그녀의 그림 중 나는 〈창문 밖Out the Window〉처럼 창문을 통해 세상을 바라본 풍경을 담은 그림들을 유독 좋아한다. 모지스 할머니는 시간적 여유가 되면 창문 보는 일을 즐거워했다. 세상이 아무리 바삐 돌아가도 창문 밖은 세상의 시간보다는 늘 느리기 때문일까, 그녀의 창문 밖 풍경은 늘 천천히 흘러간다. 가녀린 흰색 창틀 너머로 하얀 겨울 풍경이 빠끔히 인사를 한다. 창문을 바라보며 그림을 그렸을 모지스 할머니를 상상하

창문 밖Out the Window

—

1955년, ⓒGrandma Moses Properties Co.(GMP) 그랜마 모지스 재단

면 그 모습 자체가 한 폭의 그림 같다. 자신을 둘러싼 모든 요소가 그림이 되는 순간을 그녀는 자주 겪었을 것이다.

같은 창문을 통해 같은 장소를 보지만 봄, 여름, 가을, 겨울이 무수히 반복되어 매일 새로운 풍경을 만든다. 그녀에게 창문은 풍경을 담는 또 다른 눈이었다. '하늘에 눈꽃이 이렇게 예쁘게 피었나?' 하고 보니 창문을 덮는 커튼이었다. 현실이지만 동화 같다. 그녀의 그림은 보면 볼수록 내 집을 돌아보게 한다. 내가 있는 집 안 풍경도 그녀의 그림처럼 만들고 싶어진다. '닮고 싶은 사람'이 아니라 '닮고 싶은 그림'을 만난 것이다.

세상이 아무리 바삐 돌아가도

창문 밖은 세상의 시간보다는 늘 느리기 때문일까,

그녀의 창문 밖 풍경은 늘 천천히 흘러간다.

썰매를 타요Get Out the Sleigh
1960년, ©Grandma Moses Properties Co.(GMP)
그랜마 모지스 재단

제4장

세 상 과
그 림 을
나 누 다

내 인생을 돌이켜보면 마치 좋은 하루였던 것 같아요.

이보다 더 좋을 수는 없어요.

나는 삶의 역경을 만날 때마다 나름대로 최선을 다했어요.

삶은 우리가 만들어나가는 것이에요.

언제나 그랬고, 앞으로도 그럴 겁니다.

체험을
그림으로 그리다

모지스 할머니의 그림은 멀리서 전체를 보게 만들고, 그다음 그 안에 들어가서 걷고 놀고 만지고 싶어지게 만든다. 그녀가 그린 마을은 하나의 생명체 같아서 항상 분주하고 변화한다. 100여 년 전 그녀가 까르르 웃으며 보냈던 시골을, 그녀의 그림을 보는 동안 나도 따라 웃으며 거닌다. 우리가 그녀의 그림을 좋아하는 이유는 한국인의 정서와도 궁합이 잘 맞아서다. 아주 오래전에 본 듯한 시골 풍경과 자연의 모습이 사람과 어우러져 아기자기한 이야기를 만들고 있다. 그러고 보니 〈케임브리지 밸리Cambridge Valley〉 속 마을에 펼쳐진 언덕들이 다양한 천

조각을 이어 붙여 공들여 만든 조각보처럼 느껴진다.

그녀처럼 전문적인 미술교육을 받지 않은 작가들이 그린 작품을 '나이브 아트Naive Art' 또는 '소박파素朴派'라고 부른다. 앙리 루소Henri Rousseau나 장 뒤뷔페Jean Dubuffet가 대표적인 예이다. 이런 화가들은 세련된 기법보다는 본능에서 표출된 순수함과 즐거움, 자신만이 가진 독특한 시각으로 작품을 만들어낸다. 훗날 장 뒤뷔페는 이러한 장르를 '아웃사이더 아트Outsider Art'라고 칭했고 '날것의 예술, 비전문적이고 아동스러운 예술'이라는 뜻을 담아 '아르 브뤼Art brut'라는 단어를 사용해 표현하기도 했다.

그녀는 그림만이 아니라 삶 전체적으로 내게 화가 그 이상의 등불이 되어 주었다. 살아가면서 만난 화가들의 삶에서 교훈을 하나씩 얻으면서 나만의 인생 매뉴얼도 조금씩 쌓여가고 있다. 매일 화가들의 삶을 따라가다 보면 내가 처한 고민 해결과 마주하는 순간이 온다. 화가들의 삶과 함께 나 역시 성장하고 있는 것이다. 물론 지금도 현재진행형이다. 모지스 할머니에게 그

케임브리지 밸리Cambridge Valley

—

1955년, ©Grandma Moses Properties Co.(GMP) 그랜마 모지스 재단

림은 특별히 배운 것도 없이 그냥 취미로 하는 활동이었다. 시골의 고즈넉한 풍경이나 자신이 겪은 농촌 생활을 그저 느끼는 대로 소박하게 그려나갔다. 그러다 보니 자수처럼 한 땀, 한 땀 정성을 들인 그림이지만, 등장하는 사람이 옆으로 눕기도 하고, 집이 장난감처럼 기울어지기도 하여 일반적인 미술 상식으로는 전혀 맞지 않는, 마치 초등학생이 그린 그림처럼 보이기도 한다. 하지만 단순하면서도 밝은 그녀의 화풍은 그녀의 성격처럼 느껴진다. 나는 그녀의 작품들을 바라보면서 온 세상이 깜짝 놀랄 만한 자극적인 기쁨도 좋지만, 지금 나와 함께 있는 사람과 같은 풍경을 보는 것만으로도 귀한 기쁨이라는 사실을 깨달았다.

내가 그녀의 그림을 명화라고 생각하는 이유는 한 가지다. 오랫동안 들여다보게 만드는 힘을 내재하고 있어서다. 때로는 사람의 눈동자가 얼마나 오래 머무느냐의 차이가 명화를 결정짓기도 한다. 시선이 그림에 오래 또 깊게 머물다 보면 나도 모르게 명화로 생각하고 싶어지는 것이다. 누가 명화라고 해서 명화라고 느끼는 것이 아니라 그냥 내가 명화로 생각하고 싶어지는 것이다. 내게는 그녀의 폴더가 수많은 화가들의 폴더 중 가장 빛난다. 늘 나에게 먼저 손을 내밀고 어깨동무하고 모닥불 앞에 둘러앉아 이야기하게 만든다. 마음이 불편한 날이면 아주 오래된 친구들만 만나고 싶은 것처럼 그림도 그렇다. 그래야 편해진다. 편해지면 기대고 싶어진다. 기대다 보면 불현듯 그림 속으로 들어가 있는 나를 발견하게 된다.

〈농장이 이사하는 날Moving Day on the Farm〉은 '작품은 눈을 위한 파티'라고 말했던 화가 들라크루아Eugène Delacroix의 말과 어울리는 그림이다. 모지스 할머니의 그림은 감상자로 하여금 그 누구보다 눈동자를 열심히 굴리게 만든다. 그런데 신기하게도 아무리 장면이 복잡해도 감상자인 나의 마음이 산란해지지 않는다. 그림 속 사람들은 북적북적하지만 조화롭다. 아마도 모두가 함께 하나의 목표를 향해 달려가는 과정이 느껴져서일 것이다. 다 함께 농장의 짐을 옮기려고 모인 사람들을 감싼 아침 공기가 따뜻하게 전해진다.

화가와 감상자는 보이지 않는 제휴 관계를 맺고 있다. 둘은 시

농장이 이사하는 날
Moving Day on the Farm
—
1951년,
ⓒGrandma Moses
Properties Co.(GMP)
그랜마 모지스 재단

간과 공간을 초월해 제휴 관계를 유지한다. 화가가 먼저 죽고 그림이 남겨져 감상자를 만난다 해도 유지되는 관계다. 이미 떠난 화가의 작품을 보고 감상자는 이렇게 생각한다. '아, 이 화가의 작품 너무 좋다. 다른 작품도 더 보고 싶다.' 그렇게 일종의 제휴가 시작되면 감상자는 그 화가의 이야기를 들을 마음의 채비를 한다. '그래, 어디 한번 보자. 틀림없이 이 화가의 다른 작품들도 내 스타일일 거야.' 열린 마음으로 작품을 더 찾아본 감상자는 더 큰 감동을 받는다. 설사 실망을 할지라도 화가와 감상자 둘 사이의 관계는 유지된다. 한 번 맺어진 관계는 쉽게 소멸되지 않는 것이다. 물론 마음에 들지 않는 작품이 나타날 경우 내심 심드렁해지지만, 그렇다고 해서 그 화가와 나의 관계가 영영 이별이나 파국으로 치닫지는 않는다. 그래서 연애보다 그림을 보는 것이 때로는 더 좋다. 관계의 끝이 없고 좋은 관계는 더 깊어지고 끈끈해지기 때문이다.

우리가 지닌 감수성이나 지능은 사실 처음에는 큰 차이가 없다. 삶에 있어 일정한 순환에 따라 벌어지는 일들도 세상 사람들이 다 비슷하게 경험하기 마련이다. 하지만 그런 과정 속에서 누군가는 경험을 바탕으로 자신의 상상력을 발휘한다. 모지스 할머니가 그랬다. 그녀의 그림에서 평범한 것도 더 인상적이게, 지루한 과정도 더 흥미롭게 보이는 비밀은 바로 '경험'에 있었다. 그녀는 자신의 체험을 바탕으로 풍성한 시골 밥상 같은 그림을 창조해냈다. 같은 기억과 같은 경험을 가지고도 새로운 것을 창조하는 사람이 있고, 창조하지 않는 사람이 있는 것은 참 재미있는 일이다. 모지스 할머니가 자신의 기억을 바탕으로 그림을 그려낸 이유는 경험한 것에서 나아가 표현하고 싶어서다. 오래오래 간직하고 남기고 싶어서다. 그녀에게 기억을 유지하는 가장 완전한 방법이 바로 그림 그리는 행위가 아니었을까.

라이프
테크놀로지

그녀는 늘 무엇인가를 만들고 가꾸는 것을 좋아했다. 세상이
변하는 과정에 있어서는 정치, 경제의 발전만 중요한 것이 아니
라 생활의 기술을 전수하는 것도 중요하다. 대부분 우리가 하
고 있는 집안일에도 전통적으로 내려오던 지혜가 있다. 바로 이
런 것을 우리는 할머니가 엄마에게, 엄마가 딸에게 전수해주는
'라이프 테크놀로지Life Technology'라고 부른다. 우리네 엄마들
과 할머니들처럼 즐겁게 집안일을 하는 것, 그 안에서 효율적
인 순서와 규칙을 찾고 행복을 느끼는 것, 자신의 자녀들에게
집안일의 지혜를 전달해주며 만족감을 느끼는 것은 우리가 잊

지 말아야 할 삶의 기술이다. 돌이켜보면 엄마에게 보고 배운 것은 절대 쉽게 잊지 못한다. 예를 들면 음식마다 깨와 참기름이 진리인 양 마지막에 송송 뿌리는 마술 같은 비법이라든가, 운동화를 빨 때 칫솔에 치약을 잔뜩 묻혀 새 운동화처럼 탄생시키는 비법 같은 것 말이다.

> "당신은 당신의 재능이 어디에 있는지 찾는 것에 가장 힘쏠 필요가 있어요."

오랜 결혼 생활 동안 그녀에게 있어 재능은 집안일과 농장 일이었다. 몸이 아파 더 이상 그 일을 할 수 없게 되었을 때 그녀는 '그림'이라는 새로운 재능을 찾아냈다. 그녀에게 몸의 일부가 불편해진 것은 삶에 걸림돌이 된 것이 아니라 새로운 시작의 씨앗이 되었다. 그녀는 우연히 마주한 삶의 고비 앞에서 자기 자신의 능력을 정체시키지 않았다. 스스로 좋아하는 일을 하도록 마음을 이끌고 '그림'이라는 새로운 표출 기회를 만들어냈다.

마을 사람들이 함께 사과잼을 만들고 있다. 바람에 의해 떨어진 사과들은 상처가 조금 있더라도 잼을 만드는 데 있어서는 훌륭한 재료가 된다. 사과를 바구니에 모아 담고, 깨끗이 씻어 껍질을 벗긴다. 큰 솥에 우르르 쏟아 넣고 즙을 만들기 위해 펄펄 끓인다. 그렇게 한참을 끓이다 보면 사과에서 나온 과즙 덕분에 사과물이 생긴다. 모지스 할머니는 〈사과잼 만들기Apple Butter Making〉를 보며 사과가 어느 정도 익었다 싶으면 반드시 냄비 뚜껑을 열어두고 사과를 서서히 익혀야 한다고 말했다.

그녀가 말한 이러한 과정들이 오랜 시간 동안 엄마들이 깨우친, 입에서 귀로 담고 행동으로 옮기는 생활의 지혜다. 그녀와 같은 생활의 귀재들 덕분에 우리는 늘 의식주에 필요한 소중한 것들을 지켜내고 물려준다. 우리의 할머니와 엄마가 바로 가정의 헨리 포드이자 에디슨인 것이다. 모지스 할머니는 늘 이렇게 마을의 공동체 행사를 꼼꼼히 기록했다. 마치 마을의 대표 서기라도 되는 것처럼 순간을 기록했다.

세상 모든 것을 다 가질 수 있으면 얼마나 좋을까. 하지만 우리는 시간도 공간도 지배할 수 없다. 우리는 오로지 순간만 지배

할 수 있다. 순간을 지배하는 것 중 하나가 그림이라는 생각을 한다. 자신이 경험하고 기억하는 순간을 화가는 그림이라는 행위로 지배하는 것이다. 그렇게 잊지 못하는 것과 잊지 않는 것은 비슷한 것 같아도 다르다. 잊지 못하는 것은 수동적이고, 잊지 않는 것은 능동적이다. 아마도 그녀는 숱하게 행해왔던 집안일의 소중함을 잊지 않기 위해 그림으로 그렸던 것은 아닐까?

프랑스 소설가 마르셀 프루스트Marcel Proust는 자신의 작품 《잃어버린 시간을 찾아서À la recherche du temps perdu》에서 마음에 남는 문장을 남겼다.

"진정한 탐험의 여정은 새로운 경치를 찾는 데 있는 것이 아니라 새로운 시각으로 보는 데에 있다."

모지스 할머니의 재능은 새로운 시선을 창조하는 것이라 생각한다. 그녀는 매일매일 똑같았고 평범했던 마을의 일상을 다른 시각으로 보았다. 눈이 여러 개, 귀가 여러 개, 손이 여러 개인 신화 속 주인공처럼 그녀가 보는 세상은 시선이 많다. 나도

사과잼 만들기 Apple Butter Making

—

1947년, 나무에 유채, 42×60cm,
ⓒGrandma Moses Properties Co.(GMP)
그랜마 모지스 재단

사과잼 만들기
Apple Butter Making
—

1947년, 나무에 유채,
42×60cm,
ⓒGrandma Moses
Properties Co.(GMP)
그랜마 모지스 재단

그녀처럼 시선이 많은 사람이 되고 싶다. 그러기 위해서는 마음의 척도가 커져야 한다. 마음의 척도를 키우는 일이 나에게는 그림을 보는 일이다. 그림을 보는 시간들이 축적되어 내가 세상을 더욱 다양한 각도로 보는 어른으로 성장하기를 바란다.

> "이제라도 그림을 그려서 얼마나 다행인지 모릅니다. 나의 경우에 일흔 살이 넘어 선택한 새로운 삶이 그 후 30년간의 삶을 풍요롭게 만들어줬습니다."

조금 더 일찍 미술을 시작했으면 좋았을 뻔했다는 사람들의 질문에 그녀가 한 대답이다. 그녀는 좋아하는 일을 늦게라도 시작할 수 있었다. 그럴듯한 직함도 없었고, 호화로운 명예도 없었기에 가능한 일이었다. 어제를 살던 것처럼 오늘을 살았고 오늘을 살아온 것처럼 내일을 살았던 그녀. 우리는 하루에도 수없이 쏟아지는 지식과 정보들의 홍수 속에 살고 있다. '어영차어영차' 새로운 정보 속을 헤엄치고, '어푸어푸' 그 속에서 나만의 지식을 편집하고 창조해나간다. 지식을 나누는 것보다 더 값진 일은 감정을 나누는 일이다. 가장 지식이 많은 것은 사람이 아니라 이젠 포털사이트다. 그러므로 지식의 양이 많음이 우월한 것이 아니라 어떤 지식을 어떻게 자신만의 방식으로 편집하고 체화하는지가 중요한 능력이다.

지식 위에 사람이 있고 사람 안에 감정이 있으므로 지식을 헤아리는 일보다 중요한 건 상대방의 감정을 헤아리는 일이다. 그런 의미에서 모지스 할머니의 그림은 지식으로 그려진 것이 아니라 경험과 감정으로 그려졌다. 그리움이라는 감정, 추억이라는 경험이 만들어낸 귀한 산물이다.

봄날Springtime

—

1953년, 메이소나이트에 유채,
46×60cm

그림을 사랑해주는
사람들을 만나다

모지스 할머니는 그림을 엽서로 만들어 지인들에게 편지를 쓰고, 마을 게시판에 붙이고는 했다. 혼자서만 그리던 그림이 세상에 나온 계기는 아주 우연한 기회에 찾아왔다. 어느 날 미술 수집가였던 루이스 칼더는 뉴욕 주의 후식 폭포Hoosick Falls에 방문한다. 그는 골목길을 걷다가 작은 시골의 약국 벽에 걸린 모지스 할머니의 그림을 발견하고 감동한다. 그는 그녀의 그림에 반해 10점 정도 구매한다. 아마도 내가 처음 모지스 할머니의 그림을 보고 느꼈던, 마음속 깊은 곳에서 아지랑이가 피어오르는 것 같은 따뜻함을 그도 느꼈던 모양이다. 모지스 할머니에게 루이스 칼더는 왕자님 같았다. 그녀가 찾는 사랑의 짝이 아니라 그녀 작품의 진정성을 알아봐주는 그런 왕자님 말이다. 작품이 후원자를 만나 세상에 알려지는 경우는 많은데 그녀에게 그는 더욱 특별한 존재였다. 루이스 칼더는 평생을 농부의 아내로 살다가 할머니가 되어서 그림을 시작한 숨겨진 씨앗을 세상에 꽃 피우게 한 또 다른 농부였다.

루이스 칼더가 그녀의 재능을 발견한 사람이라면, 큐레이터였던 오토 칼리어는 그녀의 재능을 세상에 알려준 사람이었다. 오토 칼리어는 그녀의 그림을 뉴욕의 한 전시장에 선보인다. 1939년 뉴욕 현대미술관에서 열린 〈현대 무명 화가전Contemporary Unknown American Painters〉에 그녀의 그림 세 편이 전시되었다. 하지만 대중에게 개방된 전시회는 아니었기에 큰 화제는 되지 못했다. 모지스 할머니가 여든 살이었던 1940년 가을, 오토 칼리어의 갤러리에서 처음 개인전을 열었다. 제목은 〈어느 농부의 아내가 그린 그림들What a Farm Wife Painted〉로, 루이스 칼더가 소장했던 34점의 유화를 중심으로 전시되었다. 뉴욕의 많은 사람들이 그녀의 그림에 관심을 보였다. 그녀의 그림은 한없이 자세히 보게 하는 힘을 지녔기에, 사람들은 그녀의 그림 앞에 멈춰 서 많은 시간을 보냈고 오래 눈동자를 마주했다.

그렇게 꼬리에 꼬리를 물고 모지스 할머니의 그림은 소문이 난다. 전시를 통해 그녀의 그림은 엽서나 우표, 기념품이 되어 더욱 많은 사람들에게 알려졌다. 그녀의 인기는 눈덩이처럼 조금씩 커졌고, 많은 언론들이 기사를 썼다. 〈뉴욕타임스〉의 한 비평가는 평상시 민속 미술을 좋아하는 팬이 아니었음에도 불구하고 그녀의 작품을 크게 칭찬했다. 작고 소박한 시골에서의 삶의 과정이 알알이 담겨 있는 그녀의 그림은 많은 비평가들의 마음을 움직였고, 그녀를 좋은 화가라고 인정하게 만들었다. 단풍나무 시럽을 만드는 과정, 들꽃같이 조용한 삶, 풀밭의 젖소들은 도시인들의 마음에 단비를 적셨다.

배우지 않은 소박한 손길로 그려진 그림들, 시골의 순수함이 가득한 그림들은 많은 도시인들을 매혹시켰다. 그녀가 만든 홈메이드 식품들은 그녀가 그린 회화 작품들과 함께 박람회처럼 전시되었다. 그림을 그리며 사는 것과 그림을 그려서 사는 것은

그랜마 모지스의 그림이 인쇄된 엽서와 우표

다른 문제였는데, 그녀에게 그 두 가지가 만나는 날이 온 것이다. 사람들은 어떤 이유로 그녀의 작품과 사랑에 빠졌을까? 바쁘게 지내던 뉴욕 사람들은 그녀의 그림을 통해 잃고 있던 것들을 떠올리지 않았을까? 도시로 떠나오기 전 유년 시절을 보냈던 자신들의 고향, 가족과 함께 집안일을 하는 것, 소박한 내 이웃들과 소통하는 것……. 그녀의 인기는 더욱 높아졌지만 그녀는 자신이 유명세를 타고 있는 게 어색했다. 한 인터뷰 때 자신에게 다가온 마이크가 검정 벌레인 줄 알고 깜짝 놀랐다는 일화는 그녀에게 더욱 정감 가게 한다.

"그들은 나를 깜짝 놀라게 만들었습니다. 나는 산골 마을에서 이곳 중심으로 왔고, 그들이 무슨 일을 꾸미고 있는지 몰랐어요."

1948년 11월 〈뉴욕타임스〉는 모지스 할머니의 88년 인생을 돌아보는 이야기를 실었다. 그녀가 '시시'라는 이름으로 불리던 소녀 시절 붉은색 드레스를 사지 못해 실망했던 것부터 가정부로 지냈던 10대 시절의 이야기, 마을의 파티와 공동의 행사를 진행했던 이야기, 눈 덮인 마을에서 썰매를 타던 이야기, 칠면조를 잡던 날 생긴 일화들……. 그녀가 겪었던 다양한 삶의 장면들이 한 편의 드라마처럼 사람들에게 소개되었다.

1950년은 그녀가 아흔 살이 되는 해였는데, 최초로 전국에서 그녀의 생일을 축하했다. 오토 칼리어는 모지스 할머니를 위해 '그랜마 모지스 재단The Grandma Moses Properties Inc.'을 만들었다. 같은 해, 모지스 할머니의 삶을 담은 제롬 힐Jerome Hill 감독의 다큐멘터리 〈그랜마 모지스Grandma Moses〉가 아카데미상 후보에 오르기도 했다. 1952년 아흔두 살의 그녀는《내 삶의 역사My Life's History》라는 제목의 자서전을 출간했다. 많은 사람들은 그녀의 이야기를 더 자세히 알고 싶어 했고 그녀의 책은 베스트셀러가 되었다. 가난한 농가의 딸로 태어나, 농부의 아내로, 농장의 안주인으로……. 평생을 농촌에서 살았던 그녀가 책의 수익금 일부를 농촌 기술 지원금으로 기부한 것은 자연스러운 결정이었다.

그녀는 이듬해 〈타임지〉 표지 모델이 되기도 했다. 흔히 사람들

1953년 〈타임지〉 표지의 모지스 할머니

이 예술가의 삶은 고독하다고 하지만 꼭 그런 것만은 아니다. 그녀는 말년을 자신이 속한 공동체 안에서 사랑받고 인정받으며, 자신의 그림을 세상과 나누며 행복하게 지냈다. '모지스 부인'으로 시작된 그녀의 이름은 더욱 많은 사람들에게 불리면서 '모지스 엄마'로, 다시 '모지스 할머니'로 불리게 되었다.

바쁘게 지내던 뉴욕 사람들은

그녀의 그림을 통해 잃고 있던 것들을 떠올리지 않았을까?

도시로 떠나오기 전 유년 시절을 보냈던

자신들의 고향, 가족과 함께 집안일을 하는 것,

소박한 내 이웃들과 소통하는 것…….

그랜마 모지스의
날

영국 오디션 프로그램 〈브리튼스 갓 탤런트Britain's Got Talent〉를 통해 스타가 된 폴 포츠Paul Potts나, 환풍구 수리공으로 살다 〈슈퍼스타 K〉를 통해 스타가 된 허각의 모습은 이제 더 이상 새롭지 않다. 화려한 무대에서 노래를 부르는 그들을 보는 것보다 더 감동적이었던 순간은 그들이 어눌하고 부족한 모습으로 처음 세상에 서던 순간이다. 세상의 모든 조명이 그들을 향해 켜지고, 그들이 아주 오랜 시간 감춰두거나 준비해놓은 재능을 밖으로 꺼냈을 때 말이다.

내가 모지스 할머니의 삶의 궤적 중 가장 드라마틱하다고 느끼는 부분도 바로 그 순간이다. 루이스 칼더가 시골의 작은 약국에서 처음으로 그녀의 작품을 알아봐줬던 그 순간, 그녀가 뉴욕의 전시회를 통해 세상에 등장한 순간이 가장 내 심장을 뜨겁게 한다. 인생이라는 긴 터널이 밝기만 하면 빛의 소중함을 모를 것이다. 어둠 속에서 햇살을 만나야 비로소 눈이 부시듯이 내 인생에도 몇 차례의 어둠이 찾아올 것이고, 그 어둠을 만날 때마다 나는 그녀를 생각할 것이다. 무엇인가가 시작될 때보다 끝이 날 때 그녀를 떠올릴 것이다. 그녀는 내게 끝은 또 다른 시작이라는 삶의 진리를 알려준 소중한 화가이다.

1949년, 전국여성언론인클럽은 그녀에게 '훌륭한 여성 예술인상For Outstanding Accomplishment in Art'을 수여했고, 1960년 넬슨 록펠러 뉴욕 주지사는 그녀의 100번째 생일을 '그랜마 모지스의 날'로 선포했다. 365일 중에 하루가 누군가의 이름으로 기념된다는 것은 얼마나 빛나는 일인가. 그녀는 화가였지만 그녀의 삶은 그림을 뛰어넘어 훨씬 넓어졌다. 그녀의 그림이 진솔하게 다가오는 이유는 거짓이 없어서다. 그녀가 본 것, 어릴 적 겪었던 이야기, 농장에서 지내던 추억, 세 살 때 처음 배운 것, 가정부로 지내며 했던 일들, 가정주부로서의 삶……. 그녀는 다른 이야기들은 그리지 않았다. 그녀는 오로지 자신의 삶에 대한 이야기를 그렸다. 그녀의 삶에서 가장 중요한 이야기들이 그림 속에 있다. 나도 그녀처럼 내 삶의 근간을 이루는 뼈대를 '진실함'이라 믿으며 살고 싶다.

그녀는 자신이 좋아하는 것이 무엇인지 정확히 알았고, 이후의 여생을 그 일에 쏟았다. 내가 좋아하는 것이 무엇이고, 내가 가진 재능이 무엇인지 아무리 생각해도 모르겠는 나날들이 내게도 있었다. 이것도 잘 못하는 것 같고, 저것도 잘 못하는 것 같은 애매한 나날의 연속이었다. 미대를 나왔어도 그림을 특별하게 잘 그리는 것 같지도 않고, 디자인을 감각적으로 잘해내는 천재적인 재간도 없었다. 그렇다고 사회생활을 잘할 만큼 성격이 둥글거나 융통성이 많은 사람도 아니었다. 친구들은 나보고 사회화가 덜 되었다며《정글북》에 나오는 '모글리' 같다고 했다. 생각나는 단어가 있으면 우선 나열부터 하고, 성격이 급해 어떤 말이 떠오르면 여과지 없이 불쑥 말해야 직성이 풀리고,

그걸로 끝이 나지 않으면 혼자 화를 내고 자주 울던 캐릭터였다. '도대체 나는 무엇이 되어야 할까? 미대를 나왔는데 화가가 될 것도 아니고, 회사를 다니고 싶은 것도 아닌 나라는 사람은 도대체 무엇이 되려고 이러는 걸까?' 고민하며 한참을 헤맸다.

그렇게 헤매다 멈춘 곳이 서울시립미술관이었다. 작품을 해설하고 전달하는 '도슨트Docent'를 보며 어렴풋이 내가 좋아했던 실 같은 것들이 매듭이 되어 다가오는 기분이었다. 나는 매 학기 과제 전시회만 되면 친구들의 작품에 의미를 부여하고 감탄하기 바빴다. '혹시 이러한 생각으로 만든 것은 아닐까?' 추측하기에 여념이 없었다. 화가가 남긴 작품을 누군가에게 설명하고 해석하며 나만의 의미를 구축하는 일, 드디어 나도 나의 갈 길을 찾은 기분이었다. 화가의 세계로 갈 수도 없으며, 설사 간다고 한들 행복하지 않을 것이고, 디자이너로 어딘가 취업을 해도 늘 어딘가 겉도는 느낌을 받았다. 하지만 글을 쓰고 화가들의 그림을 공부하고 사람들에게 설명하는 이 일은 내게 열린 문이었다. 문이 열려 있으니 빛이 흘렀고, 나는 오늘도 그 빛 속을 뚜벅뚜벅 걸어가고 있다. 나에겐 이 문이 내 소질을 발휘할

아름다운 세상A Beautiful World
—
1948년, ©Grandma Moses
Properties Co.(GMP) 그랜마 모지스 재단

수 있을 것 같은 공간으로 가는 입구였다. 그래서 매진했고 앞으로도 그 누구보다 열심히 하고 싶다.

내가 이토록 그림을 해설하고 화가들의 삶의 궤적을 파헤치는데 매진하는 이유는 간단하다. 좋아하기 때문이다. 모지스 할머니가 여생을 그림에 매달리고 순수하게 좋아서 창작 활동을 했듯이 나에게도 미술 에세이를 쓰는 일이 가장 좋아하는 일이기 때문이다. 나는 이 일에 더욱 매진하고 싶다. 오로지 이 일에 매달리는 것밖에 떠오르지 않는다. 다른 것은 모두 실패해도 이 길에서만큼은 실패하고 싶지 않다고, 모지스 할머니의 그림을 볼 때마다 나는 그녀와 약속한다.

그녀의 그림이 매력적인 또 다른 이유는 그녀다워서다. 그녀의 그림을 보면서 나다운 글쓰기에 대해 생각하게 된다. 어려운 미술비평 용어를 언급하는 것을 좋아하지 않는 나의 글은 쉽게 읽힌다는 말에, 아무도 주지 않은 상처를 혼자 만들어내며 지낸 날들이 있었다. 배운 것들을 그대로 모두 다 넣어 더부룩하게 글을 쓰고 싶은 날들도 많았다. 그럴 때마다 다시 제자리로 돌아왔다. 가장 나다운 글쓰기를 하자는 마음을 자석처럼 가지고 말이다.

나는 화가의 그림과 나의 일상 이야기, 그리고 화가의 삶의 궤적, 이 세 가지를 넘나들며 연결하는 미술 에세이를 쓰는 것이 가장 행복하다. 나에게 그림을 설명하는 일은 나의 일상과 화가의 그림이 맞닿는 지점을 찾아나가는 것이다. 모지스 할머니가 그 누구의 방식도 따라 하지 않고 자신만의 방식으로 화풍을 구축했듯이 나도 나의 글쓰기 방식을 사랑할 줄 알게 되었다. 매일 반복되는 하루하루의 삶 속에서 내가 좋아하고 나답다고 생각하는 방식을 쌓아가는 일, 그녀가 나에게 알려준 삶의 철학이다. 마음이 시키는 일을 할 때 솟아난 열정은 그 누구도 따라가지 못할 만큼 산발적이다. 총 1,600여 점의 작품을 남긴 그녀는 시기적으로 비교해보면 피카소만큼이나 다작 화가다. 그녀의 창작열을 결과물로 볼 때마다 다짐한다. 좋아하는 일을 하자. 내가 좋아하는 일에 에너지를 쏟자.

"기억과 희망이란 정말 이상한 것입니다. 하나는 뒤를 되돌아보고, 다른 하나는 앞을 내다봅니다. 전자는 오늘에 관한 것이고, 후자는 내일에 관한 것이죠. 기억은 뇌에 기록된 역사입니다. 또한 기억은 화가입니다. 그것은 과거와 오늘의 모습을 그리죠."

나에게 모지스 할머니는 삶은 양배추와 옥수수 죽을 가장 좋아했던 소녀이고, 늘 자신감이 넘치고 열정이 가득했던 소녀이다. 그녀에게 그림을 그리는 작업은 마음의 방에 소중히 간직한 기억들을 다채롭게 꺼내는 일이다. 그녀가 보고 겪고 믿었던 모든 이야기들을 다시 한 번 소곤소곤 이야기하는 과정이다. 많은 인기를 얻은 시기에도 지금까지 해왔던 것과는 다른 무언가를 새롭게 시도해보고 싶다던 그녀의 말이 생각난다. 나에게 그녀는 영원히 현대적인 화가다. 모든 애벌레가 언젠가는 나비가 되듯이 그녀의 이야기가 우리 같은 애벌레들에게 날개를 달아주길 바란다.

그림 속 마을 풍경을 따라

사계절을 걷다 보면

제철을 제철답게 살아내는 것만으로

잘 살았다는 생각을 하게 된다.

인생도 시기 별로 우선시해야 될 일이 다르지 않던가.

삶은 아름다운
소풍이었다

모지스 할머니의 그림이 좋아 짝사랑하며 지낸 지가 꽤 되었다. 글쎄다. 그녀의 그림이 왜 좋은지 누군가 내게 묻는다면 나는 머뭇거릴 것이다. 그러다 몇 초 후 그냥 좋다고 말할 것이다. 이유가 없다. 그냥 좋다. 좋은 그림은 이 그림이 추상화인지 구상화인지, 구도가 어떻고 색감이 어떤지 해석하기도 전에 그냥 좋다. 보기만 해도 마음이 따뜻해지고 포근해지는 기분이다. 피곤한 날 보아도, 행복한 날 보아도, 슬픈 날 보아도 그녀의 그림은 늘 나를 와락 안아준다.

그림에도 유행이 있다. 하지만 진정한 명화에는 시대도 시간도 없다. 시대가 바뀌어도 시간이 흘러도 보고 싶은 그림, 그것이 '명화'이다. 비틀즈의 노래는 50년 후에 들어도 좋고, 베토벤의 교향곡을 100년 후에 듣는다 해도 우리는 그 웅장함에 감동을 받을 것이다. 이런 것들을 믿어 의심치 않는 것처럼 명화 역시 그렇다. 나는 앞으로의 시간을 그림을 조각내 비평만 하려는 사람이 아니라 행복하고 충만한 감상자가 되어 살아가고 싶다. 좋은 그림이냐 나쁜 그림이냐를 따지는 데 에너지를 쏟는 사람이기보다는 좋은 그림을 만나면 두 팔 벌려 감탄하고 그림 속에 오래 머물며 즐기고 싶다.

매년 찾아와 떠나지 않을 것 같던 긴 겨울도 결국엔 지나간다. 인생은 끝없이 사계절을 받아들이며 반복된다. 봄을 받아들이고, 여름을 인정하며, 가을을 기다리고, 겨울을 맞이하는 일. 그녀의 그림 속 마을 풍경을 따라 사계절을 걷다 보면 제철을 제철답게 살아내는 것만으로 잘 살았다는 생각을 하게 된다. 인생도 시기별로 우선시해야 될 일이 다르지 않던가.

"내 인생을 돌이켜보면 마치 좋은 하루였던 것 같아요. 이제 끝났고, 나는 내 삶에 만족합니다. 저는 누구보다 행복했고, 만족스러웠습니다. 이보다 더 좋을 수는 없어요. 나는 삶의 역경을 만날 때마다 나름대로 최선을 다했어요. 삶은 우리가 만들어나가는 것이에요. 언제나 그랬고, 앞으로도 그럴 겁니다."

노인의 지혜는 전체를 보는 시각에 있다는 말이 떠오른다. 노인학 연구에 의하면 시력과 기억력이 떨어질수록 전체적인 맥락을 보는 지혜는 깊어진다고 한다. 생각해보면 늘 마음이 불안할 때마다 나는 자꾸만 내가 사는 세상을 좁게 보았다. 내일이 오지도 않았는데 벌써부터 내일 걱정을 했고, 오지 않은 미래를 운운하며 두려움에 떨었다. 두려워하며 맞이하는 내일만큼 쓰디쓴 병은 없었다. 지난해를 아무리 망쳤다고 해도 새롭게 시작할 수 있는 새해가 있어서 좋은 것 아니었나. 아직 우리에게 새로운 시작은 남아 있다.

그녀는 많은 사람들이 축하해준 100번째 생일을 보내고 1961년, 101세의 나이로 세상을 떠났다. 남은 작품이 모두 팔리면 그 돈

연날리기|See the Kite

—

1955년

은 농촌 기술 지원금과 가난한 이웃들, 불치병과 싸우는 환자들에게 써달라는 유언을 남겼다. 자신이 좋아하던 순백색 눈이 내리던 어느 겨울날, 그녀는 그렇게 아름다웠던 삶의 소풍을 마치고 떠났다. 남편의 묘 옆에 함께 잠든 그녀의 묘비명엔 이렇게 새겨져 있다.

"그녀의 목가적인 그림들은 사라져가는 시골의 풍경을 보존하고 그 정신을 담아냈다."

그녀의 삶은 '성실'과 '열정'이라는 비료로 튼실한 열매를 맺고, 그 열매를 세상에 다시 모두 뿌리고 간 삶이었다. '국민 할머니'이자 '국민 화가'인 모지스 할머니의 죽음에 미국 전역에서 애도의 물결이 이어졌다. 존 F. 케네디 대통령은 그녀를 이렇게 추모했다.

"모지스 할머니의 죽음으로 미국인들의 삶 속에서 많은 사랑을 받던 한 인물이 사라지게 되었습니다. 그녀의 그림이 지닌 진솔함과 발랄함은 미국 풍경에 대한 인식을 목가적인 생생함으로

회복시켰습니다. 그녀의 작품과 생애는 미국의 전통 문화를 향한 새로운 관점을 제시하였고, 개척시대 시골의 근원을 상기시켰습니다. 모든 미국인들이 그녀를 잃은 것을 애도합니다."

모지스 할머니가 마지막으로 남긴 그림은 〈무지개Rainbow〉이다. 그림 속 마을 사람들은 여전히 즐겁게 일상을 살고 있다. 마치 마을 사람들이 그림의 한가운데 우뚝 서 있는 큰 나무의 뿌리처럼 보인다. 생각해보면 내 삶의 뿌리를 이루는 것들도 대단한 성과들이 아니었다. 하루하루를 최선을 다해 살아가는 진실한 태도가 모여 튼튼한 뿌리가 되는 것은 아닐까. 짧은 생이든 긴 생이든 우리 모두에게는 다양한 일들이 일어난다. 주저앉아 울다가노 아름다운 섯들을 마주할 때면 무릎을 펴고 일어나 바라보게 된다.

그녀의 삶도 그랬다. 다섯 명의 아이들을 하늘로 먼저 보내야 했을 때도, 갑자기 남편을 잃었을 때도, 더 이상 십자수를 할 수 없을 만큼 손이 굳었을 때도, 그녀는 자신의 상처를 받아들였다. 무릎을 꿇은 것이 아니라 그 상처를 통해 또 다른 문을

무지개Rainbow

—

1961년, 나무에 유채, 41×61cm, ⓒGrandma Moses Properties Co.(GMP) 그랜마 모지스 재단

열고 세상을 살아갔다. 끊임없는 폭우를 겪을지라도 희망적이고 긍정적인 마음으로 무지개를 기다렸다. 그리하여 마침내 떠오른 무지개를 보며 반가워하고 고마워하던 그녀였다. 그녀의 그림을 통해 반드시 기억하고 싶다. 아름다운 무지개는 비를 겪어야 볼 수 있는 것임을……..

"우리는 열정이 있는 한 늙지 않습니다."

그녀의 말처럼 화가에게 용기를 주는 것은 고급스러운 물감도 질 좋은 붓도 넓은 캔버스도 아니다. 오로지 의지와 열정뿐이다. 그녀의 삶을 연극에 비유하자면 가난한 농가의 셋째 딸로 살며 가정부 일을 했던 1막, 아내이자 엄마로 살았던 2막, 그녀 개인으로 살며 화가로서 그림을 그려나갔던 3막이 있었다. 각 막에 보이지 않는 커튼이 쳐 있을지라도 그녀는 그 커튼을 기꺼이 즐겁게 열어젖히며, 늘 성실하게 자신의 삶을 살았듯 예술가로서의 삶도 능동적으로 살아나갔다. 다른 누군가가 아닌 나 자신의 삶을 우러러보는 것이 중요하다는 것을 나는 그녀의 삶을 통해 배웠다.

그녀의 그림은 나에게 말한다.

내가 가진 것들을 세세히 열거해보라고,

지금 내가 가진 것만으로도

충분하다고 말이다.

오늘의 행복은
스스로 만드는 것

이 책은 모지스 할머니의 작품만을 설명하는 책이 아니다. 그
녀의 삶의 궤적 속에서 탄생된 그림, 그리고 그 그림이 현대를
살아가는 나에게 주는 의미를 별자리를 연결하듯 그려간다고
생각하며 쓴 책이다. 오디오 가이드에 녹음된 작품 위주로 설
명된 듯한 책이 아니라 그녀의 인생을 통해 나의 삶을 같이 도
란도란 이야기하고 싶었다. 더 정확히 말하면 작품과 그녀를 따
로 두고 이야기하자는 것이 아니라 그녀의 삶이 곧 그녀의 작
품이기 때문에, 그녀의 삶을 작품처럼 마주하고 싶었다고 해야

Photo©Hildegard Bachert

맞는 말이겠다.

이 책을 쓰는 동안 나는 매일 그녀의 마을 곳곳을 더 열심히 걸어 다녔다. 어느 날은 그림 속 쾌청한 하늘을 보며 그루터기에 앉아 쉬기도 했고, 어느 날은 마을 언덕에서 연을 날려보고, 또 번개가 칠 것 같은 어느 날 저녁은 꽁꽁 숨고 싶어 집에 들어가 나오고 싶지 않았다. 그렇게 그녀의 그림을 따라가며 봄에는 봄대로 열심히 살고, 여름엔 여름대로, 가을엔 가을만큼, 겨울엔

에필로그

겨울처럼 살자고 속삭이며 지냈다. 내게는 찾아볼 수 없는 삶의 소박한 지혜를 그녀의 그림을 보며 마음에 주워 담았다.

그녀의 작품을 매일 보고 또 보고 그녀의 작품에 대한 이야기를 쓰는 시간은 그 어떤 화가의 삶에 빠져 들어갔다 나오는 것보다 값진 시간이었다. 보다 많은 사람들이 그녀의 그림과 더 오래 눈을 마주하게 하는 일이 나의 임무라고 생각한다. 이 글을 쓰면서 힘들지 않았다면 거짓말이다. 나는 일상에 자주 지치곤 했다. 내게 주어진 다양한 역할의 무게감과 책임감이 날 억눌렀다. 그럴 때마다 내 마음속에 살고 있는 모지스 할머니가 나타나 물었다.

　　'무엇이 당신이 가장 좋아하는 일이죠? 다른 일은 다 하지 않
　　더라도 이 일만큼은 하고 싶은 건 무엇인가요?'

글을 쓰는 것이었다. 화가들의 그림과 내 삶의 가치를 연결하며 글을 써내려 가는 일이었다. 사람은 결국 보고 싶은 사람을 보고, 하고 싶은 일을 하며 살아야 행복한 단순한 존재다. 내 마

음에 순응하며 살아가는 일이 쉽지 않은 세상이더라도, 사실보다 미화된 성공담보다는 나의 속도에 맞추어 살아가는 삶을 살고 싶다. 그래서 오늘도 난 그녀의 그림을 보면서 나 자신과 대화한다. 우리는 살아가면서 누구나 아플 수 있고 누구나 실패할 수 있다. 그런 나에게 그녀의 그림들은 너의 소박한 하루하루도 소중하다고, 너의 부끄러운 과거의 기억들 조각조각이 큰 퍼즐을 만들 수 있다고 말한다. 넘어져도 무조건 일어나라고 섣부른 응원만 하는 게 아니다. 일단 오늘부터 행복해지는 것이 중요하니, 곁에 있는 사람들과 오늘의 행복을 잘 느끼고 함께 내일을 이야기해보자고 말한다. 더 나은 내일을 위해 오늘을 견뎌나가는 삶이 아니라 더 나은 내일을 위해 오늘을 즐기는 삶. 그녀가 내게 알려준 삶의 지혜이다. 모지스 할머니의 말을 대신해 이 책을 마친다.

"삶은 우리가 만들어나가는 것이에요. 언제나 그랬고, 앞으로도 그럴 겁니다."

모지스
할머니

1860년

9월 7일, 뉴욕 주 그리니치에서 농부인 러셀 킹 로버트슨Russell King
Robertson과 메리 섀넌Mary Shannahan의 10남매 중 3녀로 태어난다. 본
명은 애나 메리 로버트슨Anna Mary Robertson이다.

1872년(12세)

인근 농장에 가정부로 일하기 위해 집을 떠난다. 가정부로 일하는 집
의 자녀들과 함께 몇 년간 학교 교육을 받았다. 이후 결혼하기 전까지
대부분의 시간을 주변의 부유한 이웃들의 집에서 바느질, 요리, 집안

일을 하며 보낸다.

1887년(27세)

11월 9일, 농장에서 함께 일하던 토머스 살몬 모지스Thomas Salmon Moses 와 결혼, 버지니아 주로 이주한다. 그곳에서 오랫동안 소작농으로 일하면서 땅을 살 돈을 모은다. 버터와 감자칩을 만들어 가계를 도우면서 열명의 자녀를 낳았지만 그중 다섯 명이 유아기 때 사망했다.

1905년(45세)

가족이 뉴욕 주로 다시 이사, 고향 근처 '이글 브릿지Eagle Bridge'의 농장을 매입해 생계를 이어나간다.

1909년(49세)

2월, 모신이 사망한 네 이어 6월에는 부신도 사망한다.

1918년(58세)

거실의 벽난로 덮개에 최초의 대형 작품을 완성한다. 이후 작은 탁자에 풍경화를 그리고 때로는 가족과 친구의 모습을 그린다.

1927년(67세)

1월 15일, 남편 토머스 살몬 모지스가 심장마비로 사망한다.

1932년(72세)

결핵에 걸린 딸 애나Anna의 간호를 위해 버몬트 주의 베닝턴으로 이주한다. 애나의 제안에 따라 최초의 털실 바느질로 만든 작품을 완성한다. 애나가 사망한 후에도 두 손자를 돌보기 위해 그곳에 계속 거주한다.

1935년(75세)

이글 브릿지의 농장으로 되돌아와 막내아들 휴Hugh, 며느리 도로시 Dorothy, 손자들과 함께 생활한다. 본격적으로 그림을 그리기 시작해 지역의 박람회나 자선 바자회와 같은 행사에 전시를 하지만 주목받지는 못한다.

1938년(78세)

미술품을 거래하는 수집가 루이스 칼더Louis Caldor가 약국에 걸려 있던 모지스 할머니의 그림을 발견한다. 칼더는 그녀를 유명한 화가로 만들겠다고 다짐하지만, 그녀의 가족은 그의 말을 믿지 않는다. 모지스 할머니는 생애 처음으로 전문 미술가용 물감과 캔버스를 칼더로부터 선물 받는다.

1939년(79세)

뉴욕 현대미술관에서 열린 〈현대 무명 화가전Contemporary Unknown

American Painters〉에 칼더의 노력으로 모지스 할머니의 그림 세 편이 전시된다. 이 전시회는 일반인에게는 개방되지 않았기 때문에 큰 영향을 미치지 못했다. 칼더가 접촉한 미술품 중개상 대부분은 79세 노인의 작품에 대한 투자를 거부했다.

1940년(80세)

뉴욕 에티엔 미술관Galerie St. Etienne의 소유주인 오토 칼리어Otto Kallir는 칼더가 보여준 그녀의 그림에 깊은 인상을 받아 〈어느 농부의 아내가 그린 그림들What a Farm Wife Painted〉이란 제목으로 전시회를 개최한다 (10월 9일~31일). 12월에는 김벨스Gimbels 백화점이 추수감사절 축제에 그녀의 작품을 전시한다. 모지스 할머니는 언론과 일반인 모두로부러 찬사를 받는다.

1941년(81세)

IBM의 설립자인 토머스 J. 왓슨Thomas J. Watson이 그림을 구매하고, 캐서린 코넬Katherine Cornell, 콜 포러Cole Porter 등 유명 연예인들도 모지스 할머니의 작품을 수집하기 시작한다. 이후 몇 년간 그녀의 전시회들이 이어진다.

1944년(84세)

에티엔 미술관은 모지스 할머니의 작품 전시회를 2회 개최하면서 그녀에 대한 경의를 표한다. 오토 칼리어가 장기 순회 전시회 프로그램을 시작해 이후 20년간 미국의 수많은 도시들에서 모지스 할머니의 전시가 계속된다.

1945년(85세)

뉴욕 주의 메디슨스퀘어 가든Madison Square Garden에서 열린 〈여성 국제 전시회: 평화기 여성의 삶Women's International Exposition: Woman's Life in Peacetime〉에 대표 미술가로 참석한다(11월 13일~18일).

1946년(86세)

최초로 출시된 그랜마 모지스 연하장과 베스트셀러가 된 작품집 《그랜마 모지스, 미국의 프리미티브Grandma Moses, American Primitive》를 통해 전국적 명성을 얻는다. '프리미티브'는 전문적 교육을 받지 않은 소박한 작풍의 화가들에게 붙인 명칭이다. 모지스 할머니의 자전적 이야기를 다룬 이 책은 드라이덴 출판사에서 출간하고 오토 칼리어가 편집했다. 초기작으로 퓰리처상을 수상하고, 농장 생활을 아름다운 필치로 그려낸 논픽션 작품들로도 유명한 소설가 루이스 브롬필드Louis Bromfield가 서문을 썼다. 하반기에는 무려 6,000만 장의 모지스 할머니 크리스마스카드가 판매되고, 그녀의 그림이 리처드 허드넛Richard Hudnut 립스틱 광고에 등장하기도 한다.

1947년(87세)

《그랜마 모지스, 미국의 프리미티브》의 2차 확장 개정판이 출간되고 홀마크 회사Hallmark Company가 모지스 할머니의 크리스마스카드와 연하장 저작권을 인수한다. 에티엔 미술관에서 여성 1인 전시회가 열린다(5월 17일~6월 14일).

1948년(88세)

〈그랜마 모지스 10주년 회고전Ten Years Grandma Moses〉이 에티엔 미술관에서 개최된다. 이 전시는 추수감사절에 시작해 크리스마스에 끝난다.

1949년(89세)

아들 휴가 2월에 사망한다. 5월, 전국여성언론인클럽이 주는 '훌륭한 여성 예술인상For Outstanding Accomplishment in Art'을 수상하기 위해 워싱턴 D.C.를 방문해 해리 드루먼Harry S. Truman 대통령과 면담한다. 6월, 뉴욕 주의 러셀세이지 대학으로부터 명예박사 학위를 받는다. 리버데일 섬유회사Riverdale Fabrics에서 그녀의 그림을 바탕으로 한 견직물 주름 커튼을 생산하기 시작한다. 애틀러스 차이나Atlas China Company에서 그녀의 작품 네 편을 이용한 접시 시리즈를 생산한다.

1950년(90세)

그녀의 삶을 담은 다큐멘터리가 아카데미상 후보에 오른다. 이 다큐멘터리는 제롬 힐Jerome Hill이 연출하고, 아치볼드 맥리시Archibald MacLeish가 내레이션을, 에리카 앤더슨Erica Anderson이 촬영을 맡았다. 6월에 시작된 최초의 유럽 전시회가 12월에 끝난다. 그녀의 90번째 생일을 최초로 전국에서 축하한다. 오토 칼리어가 모지스 할머니의 작품 저작권, 상표권, 이후 전 세계 재현 작품 생산과 가정용 제품 생산을 관리하기 위한 포괄적 기구로 재단을 설립한다.

1951년(91세)

4월, 더 편안한 단층 주택으로 이사하고 딸인 위노나Winona가 살림을 맡는다. 3월, 펜실베이니아 주 필라델피아에 위치한 무어 미술대학교로부터 명예박사 학위를 받는다.

1952년(92세)

모지스 할머니가 집필하고 오토 칼리어가 편집한 자서전인 《내 삶의 역사My Life's History》를 출간한다. 이 자서전을 바탕으로 릴리안 기시 Lillian Gish가 모지스 할머니의 삶을 그려낸 다큐드라마가 텔레비전에서 방영된다. 12월에 에티엔 미술관이 그녀를 기리는 짧은 회고록인 《크리스마스Christmas》를 발간한다.

1953년(93세)

10월 20일에 〈뉴욕 헤럴드 트리뷴〉 포럼에 초청되어 연설하고, 이후 〈타

임지>에 커버스토리로 게재된다. 그녀의 추수감사절 그림을 바탕으로
한 식기류가 생산되기 시작한다.

1954~1955년(94~95세)

미국 정보청 후원으로 스미소니언 박물관이 주최한 유럽 순회 전시회
인 <17세기부터 현재까지의 미국 프리미티브 작품전American Primitive
Paintings from the 17th Century to the Present>에 다섯 편의 그림이 포함
된다.

1955년(95세)

토머스 J. 왓슨과 뉴욕 IBM갤러리 미술팀의 후원으로 <그랜마 모지스
헌정 전시회-그녀의 95번째 생일을 맞아A Tribute to Grandma Moses-on
the occasion of her 95th birthday>를 개최(11월 28일~12월 31일)하고 모지스 할
머니는 개막식에 참석한다. 그녀의 95번째 생일이 또 한 번 진국 언론에
서 다루어진다.

1956년(96세)

정부가 대통령 취임 3주년 기념화를 모지스 할머니에게 의뢰한다.

1958년(98세)

10월 14일, 딸 위노나가 사망한다. 아들인 포러스트Forrest와 며느리 메

리Mary가 그녀를 간호하기 위해 이사 온다.

1960년(100세)

뉴욕 주 주지사인 넬슨 A. 록펠러Nelson A. Rockefeller가 모지스 할머니의 100번째 생일을 '그랜마 모지스의 날Grandma Moses Day'로 지정하고, 이를 기념하기 위해 뉴욕의 IBM갤러리가 〈내 삶의 역사: 그랜마 모지스 단독 전시회My Life's History: A Loan Exhibition of Paintings by Grandma Moses〉를 개최한다(9월 12일~10월 6일). 모지스 할머니는 자신의 주치의와 함께 품위 있는 지그 댄스를 보여준다. 〈라이프지〉에 코넬 카파Cornell Capa의 사진으로 커버스토리가 실린다.

1961년(101세)

7월 18일, 뉴욕의 한 요양병원에 입원한다. 록펠러가 전년에 이어 모지스 할머니의 생일을 다시 '그랜마 모지스의 날'로 지정한다. 모지스 할머니가 직접 일러스트를 맡은 《그랜마 모지스 이야기책Grandma Moses Storybook》을 발간한다. 이 책은 노라 크라머Nora Kramer가 편집하고 작가 28명의 소설과 시를 담았다. 12월 13일, 향년 101세로 사망한 모지스 할머니는 단풍나무 기념 묘지Maple Grove Cemetery 남편 옆에 묻힌다.

모지스 할머니

평범한 삶의 행복을 그리다

신개정판 1쇄 발행일 2022년 06월 03일
신개정판 2쇄 발행일 2023년 01월 20일

지은이   이소영
발행인   이지연

발행처   ㈜홍익출판미디어그룹
출판등록번호   제 2020-000332 호
출판등록   2020년 12월 07일
주소   일산 동구 백석동 동문굿모닝타워2차 927호
대표전화   02-323-0421
팩스   02-337-0569
메일   editor@hongikbooks.com

ISBN   979-11-9142-082-1 (03810)

※ 이 책은 《모지스 할머니, 평범한 삶의 행복을 그리다》의 신개정판으로
국내에서 유일하게 그랜마 모지스 재단과의 그림 저작권 계약으로 만들어진 책이다.
모지스 할머니의 그림 원본을 감상할 수 있다.